故園情（下）

唐魯孫——著

目錄

饞人說饞——閱讀唐魯孫

逯耀東

前些時，去了一趟北京。在那裡住了十天。像過去在大陸行走一樣，既不探幽攬勝，也不學術掛鉤，兩肩擔一口，純粹探訪些真正人民的吃食。所以，在北京穿大街過胡同，確實吃了不少。但我非燕人，過去也沒在北京待過，不知這些吃食的舊時味，而且經過一次天翻地覆以後，又改變了多少，不由想起唐魯孫來。

七〇年代初，臺北文壇突然出了一位新進的老作家。所謂新進，過去從沒聽過他的名號。至於老，他操筆為文時，已經花甲開外了，他就是唐魯孫。民國六十一年《聯副》發表了一篇充滿「京味兒」的〈吃在北京〉，不僅引起老北京的蓴鱸之思，海內外一時傳誦。自此，唐魯孫不僅是位新進的老作家，又是一位多產的作家，從那時開始到他謝世的十餘年間，前後出版了十二冊談故鄉歲時風物，市廛風俗，飲食風尚，並兼談其他軼聞掌故的集子。

這些集子的內容雖然很駁雜，卻以飲食為主，百分之七十以上是談飲食的，唐魯孫對吃有這麼濃厚的興趣，而且又那麼執著，歸根結柢只有一個字，就是饞。他在〈烙盒子〉寫到：「前些時候，讀逯耀東先生談過天興居，於是把我饞人的饞蟲，勾了上來。」梁實秋先生讀了唐魯孫最初結集的《中國吃》，寫文章說：「中國人饞，也許北京人比較起來更饞。」唐魯孫的回應是：「在下忝為中國人，又是土生土長的北京人，可以夠得上饞中之饞了。」而且唐魯孫的親友原本就稱他為饞人。他說：「我的親友是饞人卓相的，後來朋友讀者覺得叫我饞人，有點難以啟齒，於是賜以佳名叫我美食家，其實說白了還是饞人。」其實，美食家和饞人還是有區別的。所謂的美食家自標身價，專挑貴的珍饈美味吃，饞人卻不忌嘴，什麼都吃，而且樣樣都吃得津津有味。唐魯孫是個饞人，饞是他寫作的動力。他寫的一系列談吃的文章，可謂之饞人說饞。

不過，唐魯孫的饞，不是普通的饞，其來有自；唐魯孫是旗人，原姓他他那氏，隸屬鑲紅旗的八旗子弟。曾祖長善，字樂初，官至廣東將軍。長善風雅好文，在廣東任上，曾招文廷式、梁鼎芬伴其二子共讀，後來四人都入翰林。長子志鋭，字伯愚，次子志鈞，字仲魯，曾任兵部侍郎，同情康梁變法，戊戌六君常集會其家，慈禧聞之不悅，調派志鈞為伊犁將軍，遠赴新疆，後敕回，辛亥時遇刺。仲魯是唐魯孫的祖父，其名魯孫即緣於此。唐魯孫的曾叔祖父長敘，官至刑部次郎，其二女並選入宮侍光緒，為珍妃、瑾妃。珍、瑾二妃是唐魯孫的族姑祖母。民初，唐魯孫時七八歲，進宮向瑾太妃叩春節，被封為一品官職。唐魯孫的母親是李鶴年之女。李鶴年奉天義州人，道光二十年翰林，官至河南巡撫、河道總督、閩浙總督。

唐魯孫是世澤名門之後，世宦家族飲食服制皆有定規，隨便不得。唐魯孫說他家以蛋炒飯與青椒炒牛肉絲試家廚，合則錄用，且各有所司。小至家常吃的打滷麵也不能馬虎，要滷不瀉湯才算及格，吃麵必須麵一挑起就往嘴裡送，筷子一翻動，滷就瀉了。這是唐魯孫自小培植出的饞嘴的環境。不過，唐魯孫雖家住北京，可是他先世遊宦江浙、兩廣，遠及雲貴、川黔，成了東西南北的人。就飲食方面，嘗遍南甜北鹹，東辣西酸，口味不東不西，不南不北變成雜合菜了。這對唐魯孫這個饞人有個好處，以後吃遍天下都不挑嘴。

唐魯孫的父親過世得早，他十六七歲就要頂門立戶，跟外面交際應酬周旋，觥籌交錯，展開了他走出家門的個人的飲食經驗。唐魯孫二十出頭就出外工作，先武漢後上海，遊宦遍全國。他終於跨出北京城，東西看南北吃了，然其饞更甚於往日。他說他吃過江蘇里下河的鯝魚，松花江的白魚，就是沒有吃過青海的鰉魚。後來終於有一個機會一履斯土。他說：「時屆隆冬數九，地凍天寒，誰都願意在家過個闔家團圓的舒服年，有了這個人棄我取，可遇不可求的機會，自然欣然就道，冒寒西行。」唐魯孫這次「冒寒西行」，不僅吃到青海的鰉魚、烤犛牛肉，還在甘肅蘭州吃了全羊宴，唐魯孫真是為饞走天涯了。

民國三十五年，唐魯孫渡海來臺，初任臺北松山菸廠的廠長，後來又調任屏東菸廠，六十二年退休。退休後覺得無所事事，可以遣有生之涯。終於提筆為文，至於文章寫作的範圍，他說：「寡人有疾，自命好啖。別人也稱我饞人。所以，把以往吃過的旨酒名饌，寫點出來，就足夠自娛娛人的了。」於是饞人說饞就這樣問世了。唐魯孫說饞的文章，他最初的文友後來成為至交的夏元瑜說，唐魯孫以文字形容烹調的味道，「好像老殘遊記山水風光，形容黑妞的大鼓一般。」這是說唐魯孫的饞人談饞，不僅寫出吃的味道，並且以吃的場景，襯托出吃的情趣，這是很難有人能比較的。所以如此，唐魯孫說：「任何事物都講究個純真，自己的舌頭品出來的滋味，再用自己的手寫出來，似乎比捕風捉影寫出來的東西來得真實扼要些。」因此，唐魯孫將自己的飲食經驗真實扼要寫出來，正好填補他所經歷的那個時代，某些飲食資料的真空，成為研究這個時期飲食流變的第一手資料。

尤其臺灣過去半個世紀的飲食資料是一片空白，唐魯孫民國三十五年春天就來到臺灣，他的所見、所聞與所吃，經過饞人說饞的真實扼要的記錄，也可以看出其間飲食的流變。他說他初到臺灣，除了太平町延平北路，幾家穿廊圓拱，瓊室丹房的蓬來閣、新中華、小春園幾家大酒家外，想找個像樣的地方，又沒有酒女侑酒的飯館，可以說是鳳毛麟角，幾乎沒有。三十八年後，各地人士紛紛來臺，首先是廣東菜大行其道，四川菜隨後跟進，陝西泡饃居然也插上一腳，湘南菜鬧騰一陣後，雲南大薄片、湖北珍珠丸子、福建的紅糟海鮮，也都曾熱鬧一時。後來，又想吃膏腴肥濃的檔口菜，於是江浙菜又乘時而起，然後更將目標轉向淮揚菜。於是，金齏玉膾登場獻食，村童山老愛吃的山蔬野味，也紛紛雜陳。可以說集各地飲食之大成、彙南北口味為一爐，這是中國飲食在臺灣的一次混合。

不過，這些外地來的美饌，唐魯孫說吃起來總有似是而非的感覺，經遷徙的影響與材料的取得不同，已非舊時味了。於是饞人隨遇而安，就地取材解饞。唐魯孫在臺灣生活了三十多年，經常南來北往，橫走東西，發現不少臺灣在地的美味與小吃。他非常欣賞臺灣的海鮮，認為臺灣的海鮮集蘇浙閩粵海鮮的大成，而且尤有過之，他就以這些海鮮解饞了。除了海鮮，唐魯孫又尋覓各地的小吃。如四臣湯、碰舍龜、吉仔肉粽、米糕、虱目魚粥、美濃豬腳、臺東旭蝦等等，這些都是臺灣古早小吃，有些現在已經失傳。唐魯孫吃來津津有味，說來頭頭是道。他特別喜愛嘉義的魚翅肉羹與東港的蜂巢蝦仁。對於吃，唐魯孫兼容並蓄，而不獨沽一味。其實要吃，不僅要有好肚量，更要有遼闊的胸襟，不應有本土外來之殊，一視同仁。

唐魯孫寫中國飲食，雖然是饞人說饞，但饞人說饞有時也說出道理來。他說中國幅員廣寬，山川險阻，風土、人物、口味、氣候，有極大的不同，因各地供應飲膳材料不同，也有很大差異，形成不同區域都有自己獨特的口味，所謂南甜、北鹹、東辣、西酸，雖不盡然，但大致不離譜。他說中國菜的分類約可分為三大派系，就是山東、江蘇、廣東。按河流來說則是黃河、長江、珠江三大流域的菜系，這種中國菜的分類方法，基本上和我相似。我講中國歷史的發展與流變，即一城、一河、兩江。一城是長城，一河是黃河，兩江是長江與珠江。中國的歷史自上古與中古，近世與近代，漸漸由北向南過渡，中國飲食的發展與流變也寓其中。

唐魯孫寫饞人說饞，但最初其中還有載不動的鄉愁，但這種鄉愁經時間的沖刷，漸漸淡去。已把他鄉當故鄉，再沒有南北之分，本土與外來之別了。不過，他下筆卻非常謹慎。他說：「自重操筆墨生涯，自己規定一個原則，就是只談飲食遊樂，不及其他。以宦海浮沉了半個世紀，如果臧否時事人物惹些不必要的嚕嗦，豈不自找麻煩。」常言道：大隱隱於朝，小隱隱於市。唐魯孫卻隱於飲食之中，隨世間屈伸，雖然他自比饞人，卻是個樂天知命而又自足的人。

一九九九歲末寫於臺北糊塗齋

憶唐魯孫先生

高陽

民國以來，談掌故的巨擘，當推徐氏凌霄、一士昆仲，但專記燕京的遺聞軼事，風土人情者則必以震鈞的《天咫偶聞》為之冠。震鈞是滿洲人，姓瓜爾佳氏，字在廷，號涉江道人，生於清末，歿於民初，以他的其他著作，如《兩漢三國學案》《洛陽伽藍記鈎沉》等書來看，他不僅是「八旗才子」，實為「八旗學人」。

去世三年的唐魯孫先生，跟震鈞一樣，出身於滿洲的「八大貴族」，姓他他拉氏，隸屬鑲紅旗。他家跟漢人的淵源甚深，曾祖長善，字樂初，曾官廣州將軍。兩子一名志銳，字伯愚，一名志鈞，字仲魯。由「魯孫」之名，可以想見他是志鈞的文孫。

長善風雅好文，性喜獎掖後進，服官廣州時，招文廷式，梁鼎芬與其兩子共讀，後來都成了翰林，而且都是翁同龢的門生。長善之弟長敘，官至刑部侍郎，其兩女並選入宮，即為瑾妃、珍妃，為魯孫的祖姑。魯孫早年，常隨親長入官「會親」，所以他記勝國遺聞，非道聽塗說者可比。

魯孫有二分之一的漢人血統，他的母親為曾任河南巡撫、河道總督、閩浙總督的李鶴年之女。李鶴年字子和，奉天義州人，道光二十五年翰林，服官頗有政聲，且精於風鑑，識拔宋慶、張曜，在恬不知恥的後期「淮軍」之外，允稱名將。

因此，唐魯孫先生能有以燕京種種切切為主的，這一套十二冊的全集，與震鈞的《天咫偶聞》先後媲美，真可謂由來有自。魯孫賦性開朗，虛衷服善，平生足跡遍海內，交遊極廣，且經歷過多種事業；以他的博聞彊記、善體物情，晚年追敘其一生多彩多姿的閱歷及生活趣味，言人所未曾言，道人所不能道，十年之間，成就非凡；尤其是這份成就，出於退休的餘年，文名成於古稀以後，可謂異數，魯孫亦足以自豪了。

由於我在八旗制度上下過工夫，亦嗜口腹之欲，魯孫生前許我為可與言者之一。訂交以來，數共邀宴，每每接座，把杯傾談，不覺醺然，此樂何可再得？魯孫全集共十二冊，其中許多篇曾在「聯副」刊載；我常到「聯副」寫稿，近水樓臺，每先快睹；如今重讀，亦如「黃公酒壚」，不勝「視此雖近，邈若山河」之感。

唐魯孫先生小傳

唐魯孫，本名葆森，魯孫是他的字。民國前三年九月十日生於北平。滿族鑲紅旗後裔，是清朝珍妃的姪孫。畢業於北平崇德中學、財政商業學校。擅長財稅行政及公司理財，曾任職於財稅機關，對於菸酒稅務稽徵管理有深刻認識。民國三十五年臺灣光復，隨岳父張柳丞先生來臺，任菸酒公賣局秘書。後歷任松山、嘉義、屏東等菸葉廠廠長。當年名噪一時的「雙喜」牌香煙，就是松山菸廠任內推出的。民國六十二年退休，計任公職四十餘年。

先生年輕時就隻身離家外出工作，遊遍全國各地，見多識廣，對民俗掌故知之甚詳，對北平傳統鄉土文化、風俗習慣及宮廷秘聞尤其瞭若指掌，被譽為民俗學家。再加上他出生貴冑之家，有機會出入宮廷，親歷皇家生活，習於品味家廚奇珍，又見多識廣，遍嘗各省獨特美味，對飲食有獨到的品味與見解。閒暇時往往對各家美食揣摩鑽研，改良創新，而有美食家之名。

先生公職退休之後，以其所見所聞進行雜文創作，六十五年起發表文章，民俗、美食成為其創作基調，內容豐富，引人入勝，斐然成章，自成一格。著作有《老古董》、《酸甜苦辣鹹》、《天下味》等十二部（皆為大地版）量多質精，允為一代雜文大家，而文中所傳達的精緻生活美學，更足以為後人典範。

民國七十二年，先生罹患尿毒症，晚年皆為此症所苦。民國七十四年，先生因病過世，享年七十七歲。

北平的西餐館

《江南通志》上曾經記述：「自康熙二十四年解除海禁，上海設立江海關，浙、滬一隅海國船舶，舳艫相接，艨艟蟻附，似都會焉。」

上海開埠既早，又得風氣之先，歐美各國西餐（上海人管西餐叫大菜）應當是由上海首發其端才對，可是據息侯金梁說，他在盛京清寧宮所收藏的清朝歷朝實錄滿洲檔案裡，曾經看到康熙初年，光祿寺奏報添製西餐所用刀叉器皿，雇用洋廚，接待外賓；平日無事，准其在外設肆營業種種記載。由此足證北平有西餐館在上海之先了。

最早的西餐館附設在藥房裡

在下垂髫幼童時代，第一次吃西餐，是在北平正陽門外觀音寺大觀樓電影院舊址。彷彿是間門面寬闊的西藥房，樓上附設西餐部。至於那家西藥房叫什麼名字，因為年代久遠，早已忘記啦。只記得飯後，每人有一杯黑而釅、濃且苦的咖啡，雖然加了不少牛奶，放了好多塊方糖，可是喝到嘴裡，跟小孩兒停食喝的消食化滯的焦三仙的味道沒什麼兩樣。

太平紅樓餐室成了交際場所

民國初年，各國外僑越來越多，東交民巷房少人稠，實在太擠了，於是有人動腦筋，大興土木蓋起洋樓，租給外僑。當時東單二條有人蓋了一座太平大樓，因為全棟用的都是紅磚，所以又叫太平紅樓。

早年旅居北平的外僑以單身的居多，那些單身漢一日三餐都沒著落；就是有家眷的，人生地不熟，也不願意自己開伙，於是紅樓餐室應運而生。剛一開張，每餐只能供應三四十份簡單西餐，後來由外交界仕女們偶或在紅樓進餐，覺著味道情調都還不錯，這一傳開，每晚冠蓋雲集，履舄交錯，甚或薄醉起舞，過了不久，漸漸變成外交名流紳媛交際燕息的場所了。

德國醫院附設餐廳

東交民巷有兩所醫院，德國醫院和法國醫院，分由狄波爾、克里兩位國際知名的醫學博士來主持。在協和醫院尚未成立之前，比較開明信服西法療疾的紳商耆宿有了病痛，都到這兩家醫院去求診養疴。一般軍閥政客，遇到了拂逆挫折，或者被政府通緝變成逃逋客，不必遠走逃亡，只要溜進東交民巷，躲到德國或法國醫院就永保平安了。反正中國軍警憲兵，誰也不敢越雷池一步，闖進東交民巷裡拘捕搜查；倘若惹惱了洋朋友，提出妨礙治外法權的交涉，那可要吃不了兜著走啦。

德國醫院裡附設的餐廳，為了配合德國佬的胃口，德國最出名各式各樣的腸子，那裡是一應俱全。有一種把牛肝絞碎成泥灌的腸子，現做現吃，尤為膾炙人口。陸徵祥（子欣）在民國初年擔任外交總長時期，他的夫人是比利時駐俄公使的千金，最愛吃德國醫院餐廳做的德式肝腸，每週都要買一兩次帶回寓所佐餐或是待客。此外所做的威靈頓牛肉餅、葡國雞，也是非常有名的。鹽水豬腳味道也好，不過豬腳味厚不宜病人，所以不常準備罷了。當年有幾位被通緝的軍閥政客，一逃進東交民巷，都想盡方法住進德國醫院，據說德國菜膏腴甘肥，深得所嗜，比住任何飯店都對胃口。

法國麵包房的鮮奶油蛋糕

法國醫院比德國醫院晚開了幾年，醫療設備比較新穎進步。對醫護人員的訓練、病患的看顧管理都周到嚴格，尤其門禁森嚴，等閒人不能闖關而入，所以有些失勢政客、下野官僚，都認為住在這裡避風更為安全。

法國醫院在崇文門大街附設一個麵包房，凡是法式稀奇古怪的麵包，它是一應俱全，尤其水果夾心鮮奶油蛋糕加白蘭地，在北平算是獨一份兒。其實這家一般小點心、小蛋糕並不見得出色，越是層數多的大蛋糕才越見精彩。這家五層夾心大蛋糕，白桃、黃杏、鮮草莓、栗子粉外敷鮮奶油，真是細潤鬆軟，滑不膩人。

早年上海朋友到北平來觀光，認為北平的蛋糕不夠標準，總對上海理查飯店下午茶的蛋糕讚不絕口，可是當他們嘗過北平法國麵包房的大蛋糕後，也就不再吹大氣，只有點頭的份兒了。因為法國麵包房在北平創下了金字招牌，所以法國醫院也效法德國醫院的辦法，在醫院裡設了一個食堂，雖然說是簡易食堂，其實裡頭一切布置比大餐廳還來得富麗。

吃西餐講究的是英法大菜，法國食堂雖然是個法國佬主廚，可是烹調技術並不見得十分出色，只有一味鮮蠔湯腴爽味正，頗得調羹之妙。凡是在食堂進餐的人，除非你不吃鮮蠔，否則沒有不叫鮮蠔湯嘗嘗的。後來上海愛文義路大華飯店生蠔濃湯馳名全滬，就是這位法國佬應聘去滬的傑作。

北平第一家大旅館——北京飯店

北平第一家餐廳帶旅館的大飯店「北京飯店」，是民國初年落成的，因為外垣也是紅磚砌的，有的人怕與太平紅樓叫混了，所以叫它新紅樓。北京飯店大廳舞池可以容納幾百對仕女起舞、上千人進餐，在當年除了中南海的懷仁堂，恐怕要算北京飯店最寬敞豪華了。

北京飯店地址在東長安街，靠近霞公府。據說五百年前，這裡正是明朝招待外國使臣和通商使節的會同館舊址。民國二十年左右，因為北京飯店距離東交民巷不遠，又靠近華洋交錯的王府井大街，佔了地利人和的光，生意越做越興旺，於是在紅樓旁邊又擴建新樓。在打樁築基的時候，聽說工地上掘出了一些明朝的瓷片和完整的瓷器，其中有一個明朝成化窯的綠色龍紋瓷碗，非常珍貴。這些古物給考證專家提供了此地確實是明朝會同館遺址有力的旁證，而正式列入了《順天府志》。

北京飯店屋頂花園是露天舞池

新樓落成，曾舉行一次空前盛大舞會，地鋪猩毯，壁映珠燈；士則燕服，女則袒肩，起舞翩翩，不但九城仕女，惠然蒞止，就是津沽閨秀名媛，也都各現芳蹤。到了夏天屋頂花園開放，瓊樓曼舞，衣香人影，銀燈瀉月，所有高級餐舞宴會十之八九都要在北京飯店屋頂花園舉行才算夠氣派。

北京飯店設備布置堂皇是人所共知的，就是刀叉器皿古雅高華，也叫別家飯店望塵莫及的。有一目不識丁某大軍閥在這裡進餐時，還把銀質鏤金洗手水碗的水當做礦泉水，一飲而盡，並且還大叫再來一碗！聖誕大菜一定有烤火雞，外國人對烤火雞認為是道華貴的美食，其實這道火雞肉又老又柴，洋人專揀白肉吃，取其有韌性耐嚼。中國人能欣賞烤火雞的恐怕不太多吧？可是北京飯店的聖誕大菜裡，烤火雞肉嫩而滑，甘肥細潤，令人有還想再吃一次的味覺。

六國飯店擅做法義大菜

六國飯店在東交民巷台基廠，比北京飯店要晚開幾年。名為六國飯店，其實這家只是法蘭西和義大利兩國菜而已。因為主廚是法、義兩國人，所以法國、義國菜倒是做得相當地道。有一味紅酒焗乳鴿，據一般法國老饕說，這麼滑香鮮嫩的焗乳鴿，就是在巴黎也不易吃到呢。

擷英食堂中國味西餐

擷英食堂開設在前門外廊房頭條，它在北平西餐地界的份量有同上海西藏路老晉隆一樣，堂奧雍容，古典秀雅，雅座餐敘，直如置身西式宮廷官家小宴。這家菜以精細見稱，後來為了適應一般顧客的口味，把純粹的英法大菜漸漸中國化了。

鐵扒比目魚是招牌菜，老主顧沒有不點這個菜的，外路客人到那兒進餐，侍者也會特別介紹一番。擷英的派頭一落大方，您就是三兩人小酌，他也是大瓷盤托著上，一律由貴客自取。比目魚上菜的時候，是把魚架在吱吱響的熱鐵架上，用長型大瓷盤托到客人面前取用，比現在吃牛排的方式氣派多了。

甜點花樣，也屬擷英最多，最早以車厘凍出名，所謂車厘其實就是外國櫻桃。後來又出了楊桃凍，楊桃在臺灣不稀奇，可是當年在北平真是稀罕物兒，冷玉凝脂，奇香繞舌，好多大宅門的閨秀真有特地為吃楊桃凍而去的。

擷英有一最大缺點就是廊房頭條街道狹仄，交通管制嚴格，只能短暫停車，所有車輛都得在口外停放，等擷英看門小孩前往招呼，才能魚貫進入停車接客，非常不便，這跟現在臺北成都路一帶無處停車，同樣讓人困擾。

平漢食堂小吃式樣最全

平漢食堂設在平漢鐵路車站月臺旁邊，一座大沙龍裡，既無雅座，又無隔間，僅僅是一所大的敞廳。當年在北平想吃真正俄國菜，只有到平漢食堂。

俄式大菜小吃花樣繁多，也最拿手。如果您吃一塊四毛五一客的西菜，也就是現在臺灣所謂特級西餐，小吃能排滿一大桌，少則二十多碟，有時多到有四十來樣，碰巧還有俄國三色魚子醬呢！俄國人愛吃的牛尾湯，講究越濃越香。主廚是位白俄，另外一位副手是哈爾濱的大師傅。

有一年林長民在平漢食堂請客，客人有李石曾、李芋龕。二李都是茹素不動葷腥的，一道黃豆絨湯，一道素炸板魚（洋芋做的），吃得李芋龕讚不絕口，把大師傅叫出來，賞了十塊大洋。後來李芋龕三天兩頭到平漢食堂吃素西餐，廚房知道李四爺是國務總理李仲軒的文孫，菜色方面倍加巴結。李四爺吃飯除小費外，另外還有小費賞給廚房，陳慎言曾經把這段事編到他在《小實報》連載的言情小說裡，一時傳為美談。

來今雨軒可以投壺可以賞花

來今雨軒在中山公園董事會西邊，本來是董事會的大廳，後來經董事會通過招商開設西餐館，紅生名票趙子英看準是條財路，就把它承租下來。來今雨軒是五層高臺階，前廊後廈五開間宮殿式的建築，軒前方磚漫地，簷脊高逾尋丈，鉛鐵罩篷，室內是妝臺明鏡，可以投壺，可以彈琴；室外是雕欄風爽，既賞牡丹，又弄新月。餐飲場合，有這種情調的，全國各省恐不多見。

來今雨軒的菜以軟炸雞腿跟火腿什錦酥盒最有名。趙子英本來就是能言善道、應付顧客一等一的好手，他再把西餐界能人王立本請來，半東半夥當總領班。兩個人在北平人頭都熟，不但夏天座客常滿，就是冬天也有人甘冒風雪前來。夏天來今雨軒還賣一種玉泉山礦泉水，瓶子比啤酒瓶子略大，價錢跟啤酒差不多。有一次筆者同朋友在來今雨軒吃午飯，客人要了一瓶礦泉水當冷飲。後來趙子英跟我說，要喝還是來瓶五星啤酒，又祛暑又解渴，礦泉水能有一半是涼開水就算是有良心的啦。您看這種誠心誠意、有一說一的老闆，還有拉不住客人的嗎？正廳懸著一方「來今雨軒」棕地綠字楠木匾，是水竹村人徐世昌寫的，完全學王夢樓，遒勁清健，是徐東海得意之筆。

東華飯店有洋金嵌寶的餐具

東華飯店在王府井大街靠近東安市場（後來改為集賢公寓），據說是某王府大管事開的，他的主顧以東北各大宅門為主體。這家有兩套餐具，一套是純銀電鍍一百二十人份，一套是洋金嵌寶三十人份。這兩套餐具是明朝義大利、荷蘭兩國跟中國通商的貢物，後來從睿王府流入民間，被這位大管事買到手的。

我的朋友艾德福是美國有名狩獵家，他的唯一嗜好是搜買古代餐具，他聽北平青年會總幹事周冠卿說，東華飯店有明朝的金銀刀叉器皿，兩人去了兩趟不得要領，所以一定拖我跟他們去一趟，說明就是不買，看看也行。

我只知道這家西餐館是某王府一位大管事開的，至於是哪家王府就不清楚。哪知一進門櫃房，管事就是熟人，既是有所為而來，只好套近乎聊上幾句，哪知這一聊，敢情東華是莊王府總管裴玉慶開的，他就住在八面槽。櫃上電話告訴他我陪朋友來看金銀刀叉，他立刻趕來，把金銀兩種都拿出來給我們看。

銀餐具是藍皮套匣藍絨裡，金餐具是紫絳皮盒紫絳裡。錯金鏤彩，刀刻有深有淺，粗細線條顯然雲雷蟠螭紋。銀餐具描銀凸雕，黑地燒彩，彷彿中國燒在瓷器上鐵繡花，竟然燒在銀器上黑褐相間異常美觀。據艾說：「這些刀叉器皿都是前兩三世紀的宮廷產物，在歐洲的幾所大的博物館或有收藏，外間已不經見。」他願意出高價，可是裴總管捨不得割愛，只好作罷。

裴為人是既四海又講究排場，除了開香檳敬客之外，又上了一道敬菜蒜頭罐兒燜雞。我先以為蒜味太衝不會好吃，哪知菜一端上來，黑釉罐嵌綠松石，螺絲口的蓋兒，加上黑黝黝的瓷托盤，素淨大雅，立刻令人增加美感。大蒜固然是酥融欲化，雛雞去骨味醇質爛，這道菜的火候可以說是恰到好處。

艾德福頗為奇怪，他到歐洲旅遊，在羅馬導遊曾介紹他到康梯浮第大廈吃過義大利名菜罐兒燜雞，他吃過後認為可列入他珍饈無雙譜，想不到來到北平又吃著這道名菜，而且火候滋味比在羅馬吃的更為精彩。後來才打聽出東華有位廚師，是世傳的西餐大師傅，他祖上在清朝是屬於禮部會同四譯館西餐主廚，無怪他能做道地義大利的名菜啦。

墨蝶林的蛤蜊鱈魚

墨蝶林開設在外交部街，院裡花木扶疏，小有園庭之趣，從外表看不像一家西餐館，裡面倒是清幽秀朗，高雅脫俗。既然斜對面就是外交部，座上客十之八九都是外交界名流。墨蝶林中有一道名菜叫蛤蜊魚，所謂蛤蜊其實是拳頭大的肉蚌，嵌上起士烙魚，這種魚太精彩了，不但魚肉滑潤細嫩，而且起士特別入味，店裡侍者說：「我們的魚是從北極極冷地方捉捕運來的，除了本家外，只有六國飯店有這種魚。」現在想起來，當時在墨蝶林吃的蛤蜊魚，很可能就是現在臺灣紅極一時的鱈魚。

大陸飯店不怕大肚漢

大陸飯店也是旅店帶餐廳，開在王府井大街，就是後來的中原公司原址。這家生意以旅店為主，餐廳為副。餐廳賺不賺錢沒關係，只要能給旅店多拉點生意就夠啦。這家菜份豐富，屬全北平第一，雖然每客西餐一塊四毛五分，可是您就是一位進餐，侍者也是用燙得熱滾滾的厚瓷盤子上菜，一律由您自取。

當年吳佩孚手下有位軍長胡笠僧（景翼），體幹不過是中等身材，可是胖得出奇，臉呈葫蘆形，上銳下豐，三重下巴。從前的轎車，因為他肚子特大，車門擠不進去，所以他的汽車是敞篷的，捧著肚子讓過半截車門，才能上車。他只要因公進京，一定是照顧大陸飯店。據他的副官偷偷跟人說，他們軍長曾經被吳玉帥關了半年禁閉，一間小屋只能起坐不能行動，天天豬油拌飯，過著填鴨式的生活，等到出獄，就胖成大血胞子了。他素來食量大，作起戰來，一頓飯可以吃三天糧食，遇上戰況緊急，三天不進飲食也照樣撐得住。

有一年，有位朋友從東北帶來一方麋子肉，有十幾二十斤，先祖慈一高興，把這塊肉請大陸飯店代烤，讓我們嘗嘗麋子肉是不是比西北的黃羊子更肥嫩好吃。結果趕巧碰上這位胖軍長獨自據案大啖，先祖慈看他狼吞虎嚥、粗獷豪邁的情形非常高興，就讓侍者分了三分之一送去，就說是飯店敬菜。這種關內罕見的長白山珍，胖將軍吃得津津有味不說，好像意猶未足。經副官告訴他，是我們敬的，他除了過來道謝之外，後來回到河南，還派人送了一擔十八子石榴、一擔河南名產白百合來呢！

歐美同學會施夫人的名菜

有位勤工儉學留法的施其光，跟端陶齋一位自費留法的堂侄，兩位都娶了擅長烹調的法國太太。兩位久客異邦，忽然倦鳥思歸，太太又都仰慕中華文化，頗想觀光上國，於是連袂回國，下榻歐美同學會。

一天，施夫人忽然心血來潮，自己動手做了一份地道法國式的燴牛腦，拿到餐廳兩對夫婦共享。牛腦血絲挑得淨，火候到家，這道菜又是出自法國名庖傳授，當然羊脂溫潤，入口滑溶，於是以訛傳訛，說歐美同學會從巴黎重金禮聘宮廷名廚擅製紅燴牛腦。合肥李瀚章文孫李秉安，在故都是美食專家，又是平劇丑角名票，經他一譽揚廣播，各界紳商仕女都想一嘗法國正宗牛腦，害得歐美同學會餐廳主事人低聲下氣向施、陶兩位夫人求教，把這道名菜學會。

瀛寰飯店有法國式紅酒燜蝸牛

燈市口有一家瀛寰飯店，是同學張振寰尊翁止莽先生開的。在民國十幾年獨資經營旅館餐廳的，瀛寰飯店算是獨一無二。止莽先生交遊廣闊，眼皮子很雜，三教九流都有來往。餐廳方面是由一位曾經在阜成門法國教堂擔任過廚師的來主持。振寰兄時常誇耀他家的西餐是正宗的法國菜，法國菜講究用紅酒。

有一天振寰一定留我吃晚飯，說是今天有一道名菜，我絕對沒吃過，他們飯店也是第二次賣這個菜，因為機會難得，我非嘗嘗不可。這道菜端上來另盛在瓷碗裡，酒香撲鼻，吃完一碗還不知是什麼海鮮。他說這是從法布干荻省運來、人工飼養的大蝸牛，用紅酒起士燜出來的。當時空航未通，蝸肉鹽漬即化，想必是把鮮蝸牛裝運來華，再行烹製的。漫漫長途，恐怕十不活一，所以這道菜價錢先不談，在當時來說，真是稀世珍饈了。

森隆西餐部的中式燻醬滷臘

一進金魚胡同東安市場北門路西，有一座四層高樓，那就是森隆西餐部了。當年東安市場裡的建築物，差不多都是二層樓，後來東來順雖然也加高到四層，可是四樓是平臺只能吃烤肉，所以森隆在東安市場可以說是一枝挺秀。

森隆樓下是南貨店稻香村，二樓是中菜部，三樓是西菜部，四樓是素食部，全是一個東家開的。在東安市場裡聲勢浩大，跟東來順、中興百貨店、榮華齋西點、慶林春茶莊大家都稱他們為「五人義」。森隆西餐部的主顧是東北城的王公貴族以及殷富人家。那些人家既想趕時髦吃大菜，可是又不敢吃血滋呼拉的牛排，同時又怕跟黃頭髮藍眼珠人一塊兒進餐，拿刀用叉失了禮儀，所以都喜歡到森隆吃西餐。

而森隆西餐部，散桌寥寥，全是雅座，門簾一放下來，愛怎麼吃就怎麼吃，沒人能瞧見。森隆的西餐跟上海的晉隆，可以說一對難兄難弟，南北輝映。中國味極濃的西餐館，如果嚴格加以品評，森隆的中國味可能更重一些。

北洋政府有一位國務總理惲寶惠，他是晚清書法家惲毓鼎的後裔。此公有一特性，就是無論中餐西菜、大宴小酌，一律使用五爪金龍，絕不假手匙箸刀叉。初次跟他同桌的人，看他淋漓滿桌的情形，沒有不相顧失色的。所以請他吃飯，最好是森隆西餐，不但賓主盡歡，而且那種半中半西的西餐，也頗合於惲公口味。

梨園行的程硯秋是出了名的好酒量，他不但酒量好，而且還是酒嗓兒，喝個六七成酒，嗓子高低音並出，又衝又亮。他逛東安門市場如果有金悔廬（**仲蓀，北平戲劇學校校長**）同行，必定是森隆西餐部。把稻香村各式各樣燻醬滷臘切上一大盤，來上一大瓶上海的綠豆燒，麵包之外，只要一份牛尾湯，程四爺認為這比什麼山珍海味都來得落胃了。

江南老畫師花鳥名家陳半丁，當年在北平也稱得上飲饌專家，他認為森隆的起士烤麥根濃（義大利通心粉）是北平所有西餐館裡頭一份。森隆有一位大師傅曾經在義大利郵船做過，所以烤通心粉火候拿得準，烤得恰到好處，軟硬適中，尤其撒在烤盤浮面的不是洋火腿屑，而是中國金華火腿末，當然鹹裡帶鮮，比洋火腿高明多多矣。

美華的牛肉包出名

府右街有一個美華番菜館，雖然規模不大，可是北平喜歡吃西餐的主兒，可能都吃過這家西餐館。這家的牛肉包是只此一家的拿手菜。娶坤伶美豔親王雪豔琴、甘願皈依天方教、人稱侊大爺的洵貝勒的長子溥侊，自從娶了雪豔琴，雖然天方教以牛、羊肉為主食，可是美華究竟是隔教的飯館，未便前往大嚼一頓，偶或在酒酣耳熱之餘，侊大爺提起美華外焦裡嫩的牛肉包，還有依依不盡之情呢！

美華春有小擷英雅號

把著西單報子街口緊對著西長安街，有一家叫其祥號的綢緞莊，門前搭鉛鐵罩棚，樓宇高爽，儼然是北平八大祥的派頭。大掌櫃黃其鎬、二掌櫃金裕祥，原來都在西單牌樓恆麗號主事，因為賓東齟齬，兩人一氣，就自東自夥開了一個其祥綢緞莊，望衡對宇，兩家在生意方面競爭得異常熾烈。後來有雙方友好出面說合，其祥收歇，改為美華春西餐館。當時西單一帶還沒有像樣的西餐館，美華春一開張，長安十家春（西長安街飯館林立，叫什麼春的有十家之多）的飯座兒被搶去了不少。生意一興旺，把擷英一位廚師傅也挖了來，擷英的鐵扒比目魚、什錦麵盒、奶油栗子麵兒都變成美華春的招牌菜。大概風光了四五年，黃其鎬因病去世，金裕祥無意經營，西半城的西餐又恢復了美華春獨霸的局面。

西吉慶獨出心裁各式雞蛋捲

絨線胡同西吉慶，原本是西點麵包店，主要業務是烘製麵包、生日蛋糕，耶誕節前還代烤火雞。因為安利甘大教堂，崇德、培華、篤志幾個教會學校都在附近，有人攛掇他麵包房後進不妨附設一個西餐部，生意一定錯不了，於是從煙台請來了一位同鄉大師傅。這位大師傅大概在煙台專做水兵生意，他又發明了水兵雞蛋捲，攤好雞蛋，捲上蛤蜊、肉醬、芹菜、青豆，大家都覺得別致好吃；後來他又發明了各式各樣夾心雞蛋捲，甜鹹皆備，葷素並陳，真有從東北城特地趕來嘗嘗雞蛋捲的。最近聽說，美國三舊金山聖荷西市開了一家叫食譜飯店的，專賣各種不同餡兒的雞蛋捲，用餐時間，門前大擺長龍，都是等著吃雞蛋捲的。我想當年西吉慶大師傅絕對沒想到，四五十年後居然有人在美國憑著賣雞蛋捲而大發洋財呢！

鐵路簡易餐廳是聚餐的好地方

西長安街舊交通部對面，本來有一棟西式平房，原來是鐵路員工傳習所，政府南遷，鐵路員工不傳不習，有人動腦筋，在該處開了一個鐵路簡易餐廳，一湯一菜的快餐只要四角五分，麵包、牛油、果醬、水果、咖啡樣樣俱全，可以說全北平市最廉價的西餐了。舉凡各學校畢業聚餐、惜別晚宴、尊師謝師，多半在鐵路餐廳舉行，既大眾又便宜，當然談不上有什麼特別拿手好菜。可是在早晚兩餐之外，兼賣咖啡冷飲。筆者第一次喝到義大利白咖啡就是在鐵路餐廳。咖啡是用克銀咖啡壺端上來，倒出來是整整兩茶杯，醇厚帶澀，微得甘香，從此才知道如何領略咖啡啜苦咽甘、沁入舌本的妙諦。

梨園藝人愛吃的罐燜乳鴿

長安大餐廳是附設在長安大戲院二樓裡，雖然座位不多又沒有雅座，可是真有兩樣能叫座的菜。毛世來剛一出科組班，在新新大戲院禮拜天唱白天，經常照顧長安大餐廳，筆者時常笑他腿懶怕走路。有一天舍弟在長安大戲院票戲，唱的是全本《烏龍院》，世來給他把場子，為了近便，大家都在長安餐廳吃晚飯，特別預訂了十份罐燜乳鴿。一端上來就有一股子濃郁的乳香，色潤味厚，鴿肉酥融欲化，配上一種薄而且脆的麵餅，的確是別的餐館做不出的美味。就是跟東華的義式燜鴿子，滋味也完全不同。

留香館主荀慧生就住在西單附近白廟胡同，陳墨香給他排新戲，有時說累了就自己帶了酒，兩人到長安餐廳來兩份罐燜雞或是鴿解解饞、歇歇乏。最妙的是說相聲的高德明、緒德貴也時常在寶元齋帶兩隻火燒，也去長安吃完罐兒燜鴿子再到電台說相聲。大概這道菜是印度做法，蒜重香烈，汁濃味厚，頗合北方人的口味吧！

新華飯店黑胡椒牛排

北新華街轉角有一座矗立插雲的消防警報臺，臺後有一所三合院的民房，門口掛著一方長不盈尺的小銅招牌，鐫著「新華飯店」四個小字。正廳一分為二，一邊散桌，一邊雅座。不管怎麼看都像家庭飯廳，不像飯店。當年要想吃好牛排除了六國飯店，就要屬這家不起眼的小小飯店了。他家的西餐也是四毛五、七毛、一塊三種，專吃一客黑胡椒牛排是八毛錢。

留法戲劇博士陳綿、話劇界的熊佛西都是新華飯店吃牛排的老客，他家唯一缺點是牛排時常斷莊。據說牛排都是青島運來，貨到立刻分別通知主顧前來品嘗，這也是北平西餐館一個有趣的怪現象。

福生食堂酸牛奶北平獨一份

北平天方教的人數佔全市人口總數的比例很高，天方教的飯館大街小巷也非常普遍，可是天方教的西餐館，據筆者記憶所及，福生食堂可能是全北平市唯一無二的一家了。

霞公府有一家義大利醫院，院長儒拉能言善道、儀表翩翩，在交際場合裡是最受閨秀名媛歡迎的鋒頭人物。有一天他忽然發表高論，希望紳商仕女多喝酸牛奶（**就是現在臺灣最流行的養樂多一類飲料**），不但營養腸胃，而且可以滑膚養顏。當時只有福生食堂賣酸牛奶，這一下不要緊，福生食堂立刻手忙腳亂，供不應求，單賣酸牛奶就忙得人仰馬翻啦。其實福生食堂的紐西蘭炸羊排也是別家吃不到的美肴。

冠英西菜館慢工出好菜

當年彭秀康主持的城南遊藝園全盛時期，中菜館是小有天，西菜館叫冠英。據說益世話劇社幾位名角夏天人、陳秋風、胡化魂、李天然都是東交民巷的股東大老闆，所以主廚都是從上海約來的寧波師傅。這個館子中午生意極差，簡直沒有顧客上門，因為城南遊藝園中午十二點才開始營業，凡是逛城南遊藝園的人，都是吃過午飯買票入園，等夜場散後才分別賦歸。所以日場一散，小有天、冠英都要排長龍入座了。

名小說家張恨水最喜歡到冠英吃西菜，他說：「西餐館的湯不外雞湯、牛肉湯，一清早就先燉上了，中午不上座兒，到了晚餐，肉類全都融化滲透，入口酥溶，這種湯還能不好喝嗎？起士焗鱖魚也是慢工小火的產品，當然跟急就章的滋味大異其味啦。」自從張恨水代為譽揚之後，筆者曾經多次前往進餐，果然湯濃味正，甘肥適口。在遊樂場所居然有這樣不惜工本的西餐館，可算是奇蹟了。

中國飯店的鴨肝飯

前門外珠市口有一家中國飯店，除了經營旅館業之外，並附設舞廳食堂。北平社會風氣比較保守，除了各國使館以及北京飯店、六國飯店不時舉行各種舞會，好舞的仕女可以結伴參加外，好像舞廳備有舞女，中國飯店實為始作俑者。舞廳開幕後，因此地近城南，所以北里嬰宛交際花草、登徒少年互相以中國舞廳作為獵豔場所。這樣一來，名門閨秀相率裹足，加上一向以大膽著稱的尤物小凌波輕綃霧縠的在舞池翩翩曼舞，惹得九城騷動，警局干涉，中國飯店只好把舞廳收歇。食堂由於旅客們的需要，仍舊保留下來。

筆者對於這樣烏煙瘴氣的舞廳既無好感，自然也就沒有光顧這家食堂的雅興。碰巧世誼萬覺先兄從鄭州來平接洽商務，住在中國飯店，業務未了忽遭父喪，星夜回豫，食堂帳單忘未清理，託我代為結付。受人之託，自然得前往。帳列雞絲鮑魚湯、鴨肝飯有七十餘份之多。萬來北平不過半個月，何以吃了這麼多的鮑魚湯、鴨肝飯？侍者說這兩樣是本食堂拿手菜，萬先生常有生意上朋友帶著小班裡姑娘來坐坐，這些都是八大胡同裡紅倌人們要的。我除了代還飯帳，為了好奇也叫了一份來吃。鮑魚湯除了湯濃魚多，並不覺得有什麼稀奇，可是鴨肝飯米粒鬆散，飯炒得透不說，鴨肝更是老嫩鹹淡極為適口。想不到要不是替人還飯帳，這麼好的鴨肝飯幾乎失之交臂。吃完趕緊告訴畫家兼美食大師陳半丁，不幾天他打電話來說，此飯可算炒飯中逸品，已登到他的飲食選萃了。可見貪饕所嗜，大致皆同也。

一五一公司牛茶加雞蛋

民國十二、三年王府井大街開了一家一五一公司，專賣舶來品日用百貨，整個公司全用妙齡女性，一律穿著淺藍制服。北平風氣比較保守，視同洪水猛獸，禁止少年子弟前往觀光，年輕人總是好奇的，越是禁止越想進去遛達遛達。貨物價格定得非常奇怪，非一即五，所以叫一五一公司。樓下物品因為格於一、五兩數，有的東西特別貴，有的又特別便宜。樓上一半是文具部，一半是餐飲部，冷飲的價格多半是一毛五分，餐點的價格是五毛一分。

既然前去觀光，於是要一份雞蛋牛茶。牛茶是用帶盂白瓷盅端來，另外一小瓷碗有一隻去殼的生雞蛋，女侍把雞蛋用輕巧的手法倒在盅裡立刻蓋嚴，一會兒工夫，雞蛋黃白已成半熟，另附兩塊小茶餅，每份五毛一分。雖然價錢貴了點，可是器皿雅潔，侍應周到，尤其一杯清澄瑩澈的牛茶能把雞蛋燙得泛白，令人猜不透其中有什麼竅門。

女侍又特別介紹她們的炸大蝦，蝦是從美國路易斯安那州運來的，也賣五毛一分一份。當時正是下午茶時間，一份牛茶已夠充實，決定改日再去嘗試。過了兩星期再去，據公司人說因為人手不足，樓上餐館部已改為冷飲部。朵頤福慳，所謂路易斯安那大蝦只聞其名，未親其味。可是這一杯滾滾牛茶，是我所吃過牛茶中最令人難忘的一杯。

不知名的德式家庭餐館

第一位洋人登臺彩爨平劇的，恐怕要算雍柳絮了。雍是德國人，在東交民巷謀得利洋行擔任唱片部負責人，因為跟中國人交往多，國語說得非常流利，進而迷上了平劇。首先加入協和醫院平劇社，跟趙劍禪、楊文雛學程派青衣，又請朱琴心、律佩芳說身段，準備在吉祥茶園登臺，跟管紹華唱一齣《賀后罵殿》。為了增加聲勢，雍女士一定要喬三的鼓、穆鐵芬的胡琴，律佩芳找喬三打一齣《賀后罵殿》沒問題，可是想請穆鐵芬拉這齣戲，就不太簡單了。

穆鐵芬是春陽友會琴票，十六歲就登臺操琴，雖然專傍程硯秋，可是架子大得出奇。平頭，小鬍子，翡翠錶槓，外號人稱穆處長，請他給初次登臺的坤票拉一齣《燭影計》可就難了。幸虧在下和銅山張伯英的少君宇慈兄，用面子一蹁，穆處長總算答應客串一番，可是有個條件，就是純粹義務絕不受酬，以免將來增加困擾。

這場戲唱下來，雍女士唱得神清氣爽、轉折遂心，穆處長托得是嚴絲合縫、滴水不漏。戲散卸裝，雍女士高興之餘一定要約大家吃一餐純粹家庭化的德國西餐，於是大家直奔東交民巷台基廠。

這家飯店只有一間門臉兒，門口又沒有招牌，要不是識途老馬，根本看不出是一個餐館。裡頭倒有二十幾個座位，當爐是一對白髮盈巔的老夫婦。首先是一大玻璃杯丹麥黑啤酒，粉紅色泡沫高出杯子有一兩寸高，芬芳漚鬱，沁入心脾。一小碟肉脯，一小碗油氽甜花生仁，用來下酒也別有風味。一人一份鹽水豬腳，一盤紅菜頭沙拉。豬腳晶瑩浥潤，不但晶瑩醇爛而且其白勝雪，沙拉則輕紅凝脂，柔曼清馨。

這一餐家庭式德國餐吃得大家讚不絕口，比起上海的來喜、大來兩家的菜更為細緻精彩。飯後一大杯黑咖啡厚重純烈，啜苦回甘。只可惜忘了問這家餐館店名。後來雍柳絮改名雍竹君，雖然不時見面，可是總忘問她店名。等雍女士離平回德，大家偶然聚晤，都想再去這家餐館換換口味，可是沒有松下童子可問，白雲渺渺，只有徒殷想望而已。

丁巳春節，朋儕在臺北小聚，有人慨歎臺北的西餐館越開越多，大的小的恐怕將近百家了。以當年北平最繁榮時期來說，恐怕也不到二十家。回到屏東就把當年吃過的西餐館，就記憶所及一一寫了出來，居然將近三十家，不過都是民初到盧溝橋事變前開設的。事隔四十多年，誤漏在所難免，尚請鄉邦君子有以教之。

北平的素菜館

北平人除了篤信佛教、一年到頭吃長齋的外，有的人每月初一、十五持齋；有的人每月逢三逢八持齋叫吃三災八難；有的人每月初一、初八、十四、十五、十八、二十三、二十四、二十八、二十九、三十都持齋，叫做準提齋，又叫花齋；二月、六月、九月每個月的十九都持齋叫吃觀音齋；每年九月初一到初九持齋叫吃九皇齋。還有一種持齋的，只有每年正月初一，茹素永日，說那天是諸神下界，如果那天持齋，被過往神靈看見，交值日功曹登錄在積善之家名冊內，上天就會降福。因此北平住家戶兒，正月初一持齋的特別多。

當初北平沒有專賣素食的飯館，要吃素講究是「三寺一庵」。三寺是法源寺、拈花寺、廣濟寺（又叫花之寺）；一庵是三聖庵。它們都是戒律嚴謹的數百年古剎，所做素菜絕對是淨素，五蘊七香，食唯菘葅。這些寺廟跟王公府邸、殷商巨宅多有往還，每逢佛日年節，就讓鋪派（即廟裡雜役）挑著圓籠到有往來人家致送素點、素菜，說是敬佛餘餕，吃了可以添福添壽。少不得各家施主回奉香敬，比素菜所值要高出若干倍，一般寺廟也把這項香敬列為主要收入之一。因為這個緣故，所以早年北平的素菜館極為罕見。

談到吃素，還有一個吃素的小故事，據說睿王府當年有位太福晉精研禪理，長年茹素，經年累月不近葷腥，自然胃口欠佳，時常因為飲食不遂心影響情緒。睿王奉親至孝，於是成立小廚房專給太福晉做素菜，可是所雇廚師做不了多久，就因為不合太福晉口味而被辭退。老福晉戒律嚴謹，小廚房裡不但蔥、蒜、韭菜不能進入，就是鍋勺碗盞，也有專人檢查。後來經人推薦一位廚師來，乾淨俐落，炒出來的菜更是媲美元修，堪稱上味，從此太福晉胃口大開，三餐怡晏。

久而久之，大家對於這位廚師的菜這樣鮮美起了疑心，可能做菜時耍了什麼花樣。由於府裡監廚搜檢嚴格，毫無破綻，後來經過多時觀察，發現他每天早晨進府上班，肩膀上總是搭著一條白粗布條巾，一到廚房先把那條條巾大煮一番，隨後炒菜裡或多或少都要加點煮條巾的水。日久天長被人發現，敢情那塊條巾是用極濃雞汁煨過的晒乾帶進府來的。這個秘密一宣揚出去，那些持齋念佛吃淨素的人個個都懷有戒心，逢到齋期，等閒不敢在親友家用餐。

後來有篤信佛法的莊居士，在隆福寺路北開了一家宏極軒素菜館，宣稱他家的菜蔬絕對淨素。每天一清早，他就大馬金刀的坐在櫃臺前，等灶上派的人到市上買菜回來，他必得親自仔細盤查搜檢一番，不但葷腥不准進門，連蔥、蒜、韭菜也在禁止之列。因為蔥、蒜之類含有混濁之氣，念佛的人如果吃了含有濁氣的菜蔬，天人就不來說法了。他是一年三百六十五天風雨無阻嚴格執行，這個風聲一傳開來，凡是正心誠意吃素的人，全都不約而同紛紛到宏極軒吃純粹的淨素來了。至於一些官宦人家的內眷們，當年風氣未開，固然不便隨意下小館，可是到了持齋的日子，總要派人到宏極軒去叫。所以他家買賣越做越發旺，可是他們只賣門市不應外燴，說是一做外燴，跟人家大廚房一攪和，就沒法保證淨素了。這種硬派作風，使得一般善男信女，更死心塌的相信宏極軒的素菜是真正淨素啦。

自從香廠萬明路一帶開闢為新社區之後，有一位腦筋動得快的朋友立刻在萬明路小吃素人鞋店對面，開了一家六味齋素菜館，布置得清新華貴，秀逸脫俗，璇階複式登降，几席儼雅，杯箸超俗。登樓迎面巨大匾額由元忍老和尚草書「南無阿彌陀佛」徑尺大字，雄奇壯麗，更讓人產生淵懿莊敬的感覺。六味齋的主廚據說是在江蘇常州天寧寺做過火工道人，重金禮聘而來，再加上名報人濮一乘（做過北洋時代財政部印刷局局長），他當年在天寧寺就嘗過這個火工道人的手藝，的確不同凡響。這一宣傳不要緊，立刻就把六味齋捧起來了。可是人家六味齋做出來的菜，的確跟北平各寺廟做的素菜不一樣，就拿炒菜用油來說，北方廚師炒菜都用香油，甚至炒菜起鍋還要加上一勺浮油，所以炒出來的菜都有很濃重的香油味。六味齋的掌廚出身江南，炒菜習慣使用花生油，油又煸得透，各式菜蔬既無油性味，入口香潤而不濡膩，自然吃者大悅。

同時對門開了一家小吃素人鞋店，是從上海分來，所做便鞋，除了款式玲瓏，又能服帖合腳，大家閨秀、北里名花都是小吃素人主顧。就是一般殷商闊少、名伶大亨，夏天穿的各式紗葛便鞋，也都是小吃素人傑作，由於小吃素人鞋店的名字吸引人，也給六味齋帶來不少生意。當時六味齋普通素席，是八元一桌，奉送草籽念珠一掛。十元素席菩提子一掛，十五元以上就奉送星月菩提子念珠了。這樣一來，宏極軒除了東北城老主顧外，西南城的主顧，幾乎全讓六味齋搶去了。

六味齋最拿手的菜，是「太極兩儀」，把青豆（毛豆）舂碎，加水加調味料煮爛，用芡粉勾成糊狀，嫩粟米也用同樣方法勾成糊狀；用紫銅片彎成S形，由邊部塗上熱花生油，趁熱一邊倒上青豆糊，一邊倒上粟米糊，把紫銅片提起，就成了太極圖形。青豆羹上滴一點粟米羹，粟米羹上滴一點青豆羹，黃綠相間，不但好看而且好吃。

還有一樣拿手菜叫豆腐鬆，老豆腐三四塊放在清水裡，煮上三四小時去淨滷水，用紗布縫袋把老豆腐擠乾，在熱油鍋裡翻炒研碎，加醬薑、醬瓜炒至入味，稍加白糖腐乳汁，滴少許麻油起鍋。這個菜黃花翠翹，入口融酥，既能下飯，又宜佐粥。到六味齋來的客人，不管是小酌大宴，都要來個炒豆腐鬆，因此豆腐用得多，所以豆腐都是到豆腐坊訂做特別老的。加上火力用得恰當，他家的炒豆腐鬆，不管別人怎麼學，也炒不出六味齋鬆爽適口味道來。後來因為新世界、城南遊藝園先後關閉，大森里的名花又都遷回八大胡同重張豔幟，香廠一帶由繁弦急管笙歌達旦而趨於消沉黯淡，六味齋也就在白雲蒼狗中收歇了。

過了沒兩年，在西四牌樓丁字街開了一家香積園，小樓一角布置得清麗靜穆，雖然格局小了一點，可是几案陳設都經過高明人士指點，出塵高雅，蒼渾脫俗。掌灶的大師傅是什麼出身雖然不得而知，可是脾氣特別的戛古，只供小酌，不辦筵席。據說這位大師傅是位虔誠佛弟子，他說靈肴珍饌羅列滿前已經有乖天和，明明是素菜愣要起個葷菜名字，都是什麼雞鴨魚翅的，實在太罪過了。他有幾盤素菜做得非常夠味，一個是冬菇扒髮菜，別的素菜館給這道菜取名佛法蒲團，他說那簡直是冒瀆佛祖。這道菜只用冬菇和髮菜，先把冬菇、髮菜分別用滾水泡約兩小時，揀去髮菜裡的雜質，冬菇去蒂洗淨，用油下鍋一炒，隨即加入髮菜，泡冬菇的水、細鹽、薑片，用小火慢燉約三十分鐘，汁湯將近收乾也入味了，再加醬油、紹酒、麻油，略滾起鍋。這道菜說起來很容易，可是做起來能否入味就全看個人的手藝火候了。香積園的冬菇扒髮菜確實做得味醇質爛、滑而不糜，別家素菜館是無法企及的。

還有他家的衝菜也是一絕，有位素食專家莊惕生說：「他家的衝菜，選料認真，完全用的是芥菜之心，風乾的時候是在樓上平臺上晒，竹篾子上還要蓋冷布，所以特別乾淨而且辛辣，衝味也能恰到好處。」到了芥菜季兒衝菜上市，凡是到香積園吃飯的主顧總要買點衝菜回去。香積園有現成的小瓦罐，買個一兩罐帶回去也很方便。這個館子以平易誠實來號召，一直到抗戰前夕，還開得欣欣向榮呢！

北平中山公園裡餐館、茶座林立，中西餐點俱全，就是缺少一家素食處，於是有人動腦筋在後河沿格言亭附近開了一家功德林的素食處。設想雖好，可是到公園遛達遛達的人，誰又願意來吃素齋呢！所以從一開張，每天只能賣點素包子、素湯麵而已，到功德林點幾個菜吃飯的主顧，可以說少之又少，於是一變，又改以冷飲、小吃為重點。

北平是出栗子的，白果也不貴，他家白果栗子羹，冷吃熱吃均可，糯而且香，別具一格。棗泥涼糕，紅白藹彩，涼潤如飴。河北省是紅棗的產地，所以棗泥就真是棗泥，絕不摻假，棗香馧馞，甘潤適口。還有一樣甜食也是別處沒有的。他把老藕洗淨連節切段，把糯米洗淨瀝乾，加入可可粉，桂圓肉切碎，最後加桂花糖拌勻，用筷子把每個藕孔塞緊，放入蒸籠裡用大火蒸熟後，涼吃熱吃均可，比起廟會上賣的紅米藕，又清香甜糯得多啦。那種可口糯米藕，似乎頗受友邦人士的歡迎，有好些歐美的男童女娃一進公園，就直奔後河，跑到功德林先吃一客糯米藕再說，可能藕孔有可可味道才能適合他們的胃口。公園裡的遊客是夏天人多，冬天人少；功德林也就夏天開張，冬天收市，一年只做六個月，生意如何能長久維持呢，久而久之，到公園想吃可可藕就變成陳跡啦。

北平有一個時期幾乎沒有素食館，吃素的朋友只有到各大寺廟才能吃到真正素菜。東安市場稻香村樓上的森隆，不但賣中菜，而且賣西餐，後來在三樓闢出一部分專門賣素菜，並且另設廚房，表示是真正淨素。他家辦的素席菜名可就大大不同啦，有用粉絲做的三仙魚翅、糖醋素牛肉、燒素蹄筋、水晶魚等等。總之一切素都離不開豆腐、豆腐干、豆腐皮、粉皮、粉絲、洋芋、冬菇一類東西；可是技巧橫出，赤棗菖蒲，比諸燔豕蒸鳧，其鮮美適口並不多讓。

森隆還有一樣拿手菜叫醋溜石耳，等閒客人去小酌，點這菜他準回說沒預備，要是成桌酒席，他才把這道菜列在菜單子裡頭呢。因為石耳是江西廬山特產，採購固然困難，而且知者不多。最初是陳散原先生約了幾位研究禪宗的詩友到森隆吃素齋，石耳是散原先生自己帶來的，哪知森隆做出來的比陳府做的更爽脆適口，從此一般老饕就把醋溜石耳列為森隆的拿手菜了。

近兩年來，由於營養衛生學專家研究所得結論，動物性的食品多半容易使血液發酸，穀類主食雖然是我們身體熱能來源，但是含有較多磷質，也能使血液發酸。可是米穀一類主食又不能不吃，因此我們要在副食方面，多量攝取足夠的礦物質，均衡一下酸性鹼性作用。因此素食在臺灣也就大行其道，現在不論哪個縣市，都有一兩家素食館，使得素食者到處可以有飯吃。筆者也吃過不少次，不是味精太多，就是每個菜都澆上一層浮油，令人望而卻步。記得當年擔任過內務部部長的王潤生先生介紹過，觀音山有兩處素齋還不錯，若干年總想去趟觀音山，可是繁冗太多總走不開，將來一定要找個機會去嘗嘗臺灣的好素齋究竟是什麼滋味。

北平人三大主食：餃子、麵條和烙餅

自從元朝在北平建都，經過明清兩朝一直到民國初年，六百多年的皇皇帝都，人文萃集，在飲饌方面，真是稱得上膳饈酒醴，盛食珍味，集全國之大成。可是如果有位外省人初履斯土，跟北平人打聽哪一家是地道北平飯館，就是北平老古典兒也沒法指明，說不出來呢！

北平人大都有儉樸的習慣，在飲食方面但求適口充腸，每天能有白米、白麵吃著，也就心滿意足啦。真要想換換口味解解饞，山南海北哪一省的飯館都有，也就不計較哪家是真正北平口味的飯館了。

以中國各省同胞口味來區分，南甜、北鹹、東辣、西酸，大致是不差的。南方人以大米為主食，如果三餐沒吃米飯，上頓下頓都吃麵食，就會覺得胃納不充實，好像沒吃飽似的。北方人一直是拿麵食雜糧當主食的，要是頓頓都是白米飯，那就整天有氣無力，恨不得來張烙餅，啃個饅頭，才像正餐，把肚子填飽啦。

北平人既然把麵食當主食，自然在麵食方面就要不斷的變變花樣了。雖然北平麵食種類趕不上山西巧手能做出六七十種之多，可是除了麵食做的點心之外，平常能充主食的也有十來樣之多。先說餃子吧，北方人有句俗話是：「舒服不過躺著，好吃不過餃子。」一吃犒勞是餃子，逢年過節也吃餃子（**北平在旗的管餃子又叫煮餑餑**），要說誰臉上沒笑容，就說他見煮餑餑都不樂。由此可知，餃子在男女老少心目中是什麼份量。

北平人吃餃子講究自己和麵，自己擀皮或壓皮，好手壓皮五個劑兒能一塊兒壓，壓出來的餃子皮，不但滴溜滾圓，而且厚薄非常勻稱。現在機器壓皮外軟內硬，滑而不潤，煮出來膨脹了三分之一，吃到嘴裡怪不得勁的，簡直有上下床之別。餃子餡有生熟之分，葷素之別。餃子好吃不好吃，餃子皮的厚薄軟硬固然居於首要，可是餃子的滋味怎樣，那就要看拌餡、炒餡的手段高低了。

一般人多半喜歡吃生餡，現拌現包，喜歡吃熟餡兒的並不太多。大致說來熟餡只有三鮮、蝦仁、冬筍、肉末三數種而已（**現在超級市場所賣冰凍魚餃是山東水餃，當年北平很少見**）。拿生餡來說吧，肉類以豬、牛、羊為主，至於菜蔬除黃瓜以外，幾乎差不多的菜蔬都可以做餡兒，甚至於蘿蔔纓、掐菜鬚都有人拿來做餃子餡，這是外地人想不到的事。雖然說餃子餡是包羅萬有，可是北平人講究凡事有格、有譜，不能隨便亂來的。譬如說吃牛肉餡一定要配大蔥，羊肉餡喜歡配冬瓜、葫蘆，蝦仁配韭菜，如果亂了套，不但失了格，而且準定不好吃。餃子包的方法也有兩種：一種是捏，一種是擠。捏的慢，擠的快，所以家庭吃餃子講究點的多半是捏，既好看又好吃。餃子館因為應付眾多顧客，來不及捏，只好擠了。匆匆忙忙擠出來的餃子當然不太受看，而且厚薄不勻，可是擠出來的餃子大鍋寬湯一下百八十個都沒關係，不會破爛。捏的餃子可就不同啦，要注意一鍋不能下得太多，而且要看情形點上一兩次水才能起鍋呢！

吃餃子一定要蘸醋才夠味，在大陸吃餃子以山西米醋、鎮江香醋為上選，若是不避蔥蒜的人，用獨流醋加蒜瓣泡臘八醋蘸餃子吃，醪香浩露，那就更美了。自從來到臺灣，有些餃子館，好像是一個師傅傳授的，蘸餃子都是用化學白醋加涼水，碰巧了醋多水少真能把人酸得頭上冒汗珠。百不一見，發現桌上放著一瓶黑醋，等吃到嘴裡才發現是工研香醋，異香異氣近乎辣醬油，比化學醋摻涼水更讓人沒法受用。可能是醋的味道不太對勁兒，於是有些餃子館為了討好顧客，不管餡兒鹹淡，另外堂敬高醬油一碟，澆上些小磨香油。別的省份同胞覺得怎樣我不敢說，可是北平人就覺得那是糖葫蘆蘸滷蝦——胡吃二百八啦。

說到吃麵條，北平人最初不太喜歡吃機器切麵，愛吃抻條麵（又叫把兒條）。有人說機器切的麵煮出來沒有什麼麵香味兒，所以愛吃抻條。抻條要先把麵沾鹼水溜開了再抻，那非有把子蠻力才能甩得起來。家庭婦女所做抻條，多半是先擀成麵片，然後切條再甩起來抻，據說非這樣連甩帶抻麵香才能出得來，否則跟機器切麵就沒什麼差別了。北平人對麵條最普通的家常吃法是熱湯麵，也就是山東所謂熗鍋麵，把所有的材料作料寬湯大滾，然後下入麵條大煮，這跟蘇北的清湯雞火麵，澆頭、湯水、麵條各不相侔，就大不相同了。熱湯麵的好處是醐湯，所有湯裡的鮮味就全都摻入麵條裡去了，所以北平人吃熱湯麵並不需要三盤五碗的，只要有一碟大頭菜，拍一盤小黃瓜來就著熱湯麵條吃，已然其味醰醰怡然自適了。

炸醬麵也是北平人日常的一種吃法，分「過水」、「不過水」兩種。過水麵是把麵煮熟挑在水盆裡，用冷或熱水沖一下再盛在碗裡拌炸醬，麵條濕潤滑溜，比較容易拌得勻。不過水是從鍋裡直接往碗裡挑，加上醬雖然不好拌，可是醇厚腴香，才能領會到炸醬麵的真味。抗戰勝利之後，各處北方小館差不多所賣炸醬麵，肉丁或肉末之外，愣加上若干豆腐乾切丁，不但奪去原味，而且滯澀礙口，甚至還加辣椒，這種炸醬麵吃到嘴裡甭提有多彆扭啦。

北平人每逢家裡有點喜慶事，麵菜席就要醬、滷兩吃了。滷分「汆兒滷」、「混滷」兩種。做汆兒滷比較簡單，先用雞湯或豬、牛、羊肉熬出湯，再講究點，也有用口蘑吊湯的，然後把雞蛋切小丁加海米、肉丁、黃花、木耳、鹿角菜、冬菇、口蘑就是所謂汆兒滷了。混滷除了以上材料之外，雞蛋不炒不切丁，等勾芡的時候，把雞蛋甩在滷上，另外用小鐵勺放上油，把花椒在火上炸黑趁熱往滷上一澆，那就是混滷，臺灣所謂的「大鹵麵」啦。如果加上茄子就叫茄子滷，加上雞片、海參、火腿就叫三鮮滷。

說起烙餅，花樣也不少，以用具說，分支爐烙、鐺烙兩種。提起支爐也是北平一種特產，出在京西齋堂。北平人熬粥用砂鍋（平劇裡有一齣玩笑戲叫《打砂鍋》，俏皮人話說起來沒完，賣砂鍋的兒子論套），煎藥用薄砂吊兒，烙餅用支爐，都是小販在齋堂躉到北平來賣的。支爐像一隻圓鍋，圓徑大約一尺三四，翻過來正好扣在煤球爐子上，上面全是窟窿眼，火苗子就剛剛竄進洞眼，所以烙出來的餅有一個一個小焦點。這種餅香脆鬆焦，因為用油極少，爽而不膩。北方人雖然愛吃支爐烙餅，可是南方朋友多半嫌它乾硬滯喉。此外家常餅、薄餅、蔥油餅、一窩絲發麵餅，現在在臺灣只要是北方飯館大概都會做，而且做得都不錯。

另外有兩種餅叫「蔥花餅」、「芝麻醬糖餅」，在大陸差不多的人家都會做，可是總也比不上蒸鍋鋪烙得好吃。蒸鍋鋪又叫切麵鋪，除了賣各種粗細寬窄麵條之外，同時賣花捲、大小饅頭。這種鋪子早年以賣蒸食為主，北平住家辦喪事放焰口，和尚用的護食也由蒸鍋鋪承應，所以又叫蒸鍋鋪，後來加上賣切麵，才叫切麵鋪。他們烙的蔥花餅跟現在飯館烙的蔥油餅不同之處，是鬆而不焦，潤而不膩，有菜吃也好，沒菜吃也妙。另一種芝麻醬糖餅鬆美柔醹，蜜漬香甜，我想凡是現在臺灣北平老鄉回想蒸鍋鋪蔥花餅、芝麻醬糖餅是什麼滋味，大概都不禁有點蓴菜鱸魚之思吧！

北平人經常吃的主食以上列三種最普通。至於其他麵食做法花樣還有很多，有的兼代主食，有的是純粹點心，等有機會再一一介紹吧！

吃摃條麵

記得早先在北平，大家都是吃伏地麵（又叫本地麵）的，自從有了機器洋白麵，粉質精細，色白勝雪，伏地麵自然而然就歸於天然淘汰啦。在沒有機器麵之前，賣本地麵的沒有專門行業，一向是由大米莊碾製出售。到現在所能留下的印象，就是大米莊給住戶送麵粉用的麵粉袋，是圓滾滾近一人高，一個大粗布口袋上頭印著字號、地址而已。伏地麵也好，洋白麵也罷，北平人似乎對於機器切麵，都沒多大興趣，好像對摃條麵有一種偏愛，總覺得摃條麵吃到嘴裡俐落爽口，軟硬適度，而且有股子咬勁兒。摃（ㄔㄣ）麵的「摃」字，筆者在上書房認字塊的時候，老師就教過了。可是這個「摃」字用的地方實在太少，久而久之，也就把這個「摃」字怎麼寫也忘了。舍親合肥李木公是桐城派古文家馬通伯的入室弟子，他初次到北平跟我說想嘗嘗北平的拉麵，他一說把我也愣住了，繼而一想才知道皖北一帶管摔條麵叫拉麵。我告訴他北平叫摔條麵，他說就是不知「摔」怎麼寫，所以才叫拉麵。可是當時我怎麼樣也想不起「摔」字怎樣寫了。等來到臺灣，中國廣播公司在《早晨的公園》節目裡，請何容先生播講「每日一字」，講到「摔」字，從此我才又把這個字拾回來。

摔麵不但要有技巧，同時兩條膀臂還要有把子氣力才行。摔把兒條都是廚師傅來摔，至於女傭們也會把麵擀成片切條連甩帶摔，雖然也算是摔條，吃到嘴裡總嫌不夠勁道，嚴格的說，實在不能列為摔條麵的正宗。摔麵要先把麵揉成長條，提起來擰成麻花，要擰得越勻越好，然後盡量的上下甩動叫溜，溜上個三兩回就要蘸點鹼水再溜，鹼水多了麵色泛黃，鹼水蘸得少了又伸張不開。等麵溜夠勁頭，一條大麵柱由一變二，二變四……一直拉下去。粗細可以分簾子棍、家常條、細條幾種，再要細叫一窩絲，只要關照灶上的大師傅多搭一扣，那麵條可就細多了。

北平飯館子裡摔條麵以隆福寺灶溫摔的最夠標準，到對門白魁買點燒羊肉寬湯，來個燒羊肉煨氽，那可是一絕。或是到福全福館來份鴨嫁妝打滷，也別有風味。除了北平，您到任何一個地方也吃不到這兩種滋味。東安市場潤明樓的店東老段自己講究吃摔麵，所以灶上大師傅摔麵手藝都是老段調教出來的，一聽說掌櫃的要吃摃條，誰也不敢馬虎。可有一宗，他家的小碗乾炸實在不敢恭維，醬太鹹不說，肉末也太差勁，吃到嘴裡總有點木木渣渣的感覺。梨園行有位唱鬚生的貫大元，平素是精於飲食的，他說：「潤明樓麵摃得好、醬炸得差，咱們就改吃打滷吧，來個肉片滷、三鮮滷仍舊是砟鍋。最好是叫一個中碗燴三丁寬汁，澆在麵上吃可就精彩啦。因三鮮打滷麵是列在普通大眾小吃價碼裡，必須價廉才有人吃，價碼一高就沒人敢吃了。您要個燴三丁，櫃上列為正式熟炒，得用上好刺參、真正南腿、帶皮的雞丁，貨高價出頭，調和不同，自然要比三鮮滷高明多多了。」後來吃了幾次，證實貫老闆所說的果然不假。

舍下當年在北平所用的廚子叫劉順，也是摃麵的好手，粗細由心，一次能摃出兩斤麵條兒來。他的炸醬比飯館子的炸醬確實味道不同。他說：「炸醬用的醬一定要用上好的麵醬，能買軲轆把兒（地名）西鼎和的醬最為理想，避免太鹹，八成黃醬，加上兩成甜麵醬，千萬別放糖。先用開水稀釋和勻，把雞蛋炒好碾成碎塊，另外用小金鉤（北平有種小蝦米兩三分長，通體赤紅，其味特鮮）開水略發，蔥、薑爆香，然後炸醬，那比肉丁、肉末炸出來的醬都鮮美。不過麵一定要吃鍋兒挑不過水，那就更腴潤而甘了。」人家吃麵的麵碼兒是掐菜、青豆、黃瓜絲、芹菜末，我吃炸醬不擱麵碼兒，要用廣東罐頭的生薑蕎頭（又名什錦仔薑），把又甜又酸的仔薑湯澆點在麵上代替米醋，不但清爽適口，而且吃完不會叫渴。若是再有點真正四川泡菜就著麵吃，人家說美盡東南，我說這種吃法簡直是味壓四方啦。

炸醬吃膩了，有時換換口味吃打滷麵。打滷分清、混兩種，清的叫汆兒滷，混的叫勾芡滷。汆兒滷作料是肉丁、雞蛋攤好切丁，加上蝦米、黃花、木耳，用高湯或白湯煮；混滷用三鮮肉片，再加上蝦米、黃花、木耳、鹿角菜，還可以把茄子切片炸好一塊勾芡，又叫三鮮茄子滷，最後炸點花椒油趁熱往上一澆，一股子麻辣清香更能開胃。以味道醇厚說，當然要算勾芡滷啦。不過當年跟家裡長輩一塊吃打滷麵一定要斯斯文文，不准筷子在碗裡胡翻亂挑，吃完麵剩下的滷底兒應當不瀉，否則就要挨訓啦。所以雖然勾芡好吃點，可是小孩寧願吃汆兒滷免得挨訓。總而言之，不管吃什麼滷，也是揀條才夠味，要是用切麵，味道就差了。

筆者當年在湖南衡陽的一家北方館，看見牆上貼著北平炸醬麵，於是要了一碗來嘗嘗。麵當然是切麵，醬是澆在麵上，醬鹹不說，全是香豆干，還自動撒上一把掐菜當麵碼，異香異氣勉強吃完，好像不是吃的炸醬麵。後來又在另外一家平津館叫炸醬麵，仍舊是豆腐干炸醬。知友劉孟白在衡陽住過三年，他說衡陽炸醬麵家家如此，好像是一個師傅傳授的。抗戰之前因事到過一趟包頭，平綏鐵路客運頻繁，最普通的麵食叫碗炸醬麵，大概不會太離譜兒。誰知炸醬麵端上來，羶腥肥膩不說，醬裡盡是花生仁兒，軟中帶硬，沒法下嚥。換了一家，做法依然，一南一北，相互輝映。此後離開北平，到任何一處通商大埠，都不敢叫炸醬麵，那種莫名其妙的都敢叫炸醬麵，簡直吃怕啦。

抗戰勝利第二年，筆者到蘇北泰縣去探親，有人指點泰縣「大東」的肴蹄白湯麵是里下河有名，自然要去嘗嘗。先說麵吧！泰縣有一種叫小刀兒麵，是用本地麵做的，雖然沒有洋麵那麼白，可是隱約有一種麥香。麵是和好攤在麵案子上，用一枝丈把長、四寸多圓徑的樫木，一頭插在牆洞裡，人坐在槓子上翻來覆去地壓磁實了，再切成麵條的。所以吃到嘴裡非常俐落爽口，如果給灶上帶個話兒要煮得嗆一點（**就是硬點**），那跟揣條麵就極近似了。所以白湯麵的湯除了雞鴨架、豬骨頭之外，還有鱔魚中骨跟魚蝦，湯整天在鍋裡翻滾，湯濃味厚，白同乳漿，配上皮爛肉糜的肴蹄，這碗小刀白湯肴蹄還能不好吃嗎？

初來臺灣，甭說吃小碗乾炸揣條麵，就是想吃任何大陸口味的麵食都不容易；後來大陸來的人漸多，大陸的小吃也就五花八門、層出不窮，說到如何的好，是談不上的。像不像三分樣，好壞別苛求，大致不離譜兒，大家也就心滿意足啦。有一個時期，新公園西門懷寧街一帶，各省的小吃店如同雨後春筍，越開越多，到了午晚飯口，夥計在門前拉客，有的窮凶惡極，有的哀哀求告，又可氣又可憐。時間不對，筆者經過懷寧街總是繞道而行以免麻煩。有一天到三葉莊旅館訪友，憑窗下望，看見有個叫半分利專賣餃子麵條的小館，麵案子上正有一個精壯的年輕漢子在溜麵摶條，動作程序都很熟練自然。本來打算到三六九吃午飯，由於好奇心驅使，改在半分利吃摶條麵，準知道醬絕炸不好，所以叫了一份三合油芝麻醬拌麵。來臺灣二三十年，這一次吃的摶條麵算是最夠水準的了。後來為了整理市容，拆除違建，懷寧街一帶違建全部拆遷，半分利也不知遷往何處去了。有位上海朋友說，臺北武昌街一處的炸醬麵不錯，口味標準。本來南北不同，等有空去吃一回，才能知道是好是壞呢。

烙盒子

前些時候，逯耀東先生在報上談過臺北的天興居會做烙盒子，於是把我這個饞人的饞蟲勾了上來。當年在北平，北方小館只賣褡褳火燒、葷素鍋貼、鐺煎餡餅幾種帶餡的麵食。烙盒子屬於家庭麵食的一種，也許筆者淺陋，好像還沒聽說哪家飯館有烙盒子的。

有人管烙盒子叫菜盒子，其實花素餡才叫盒子，要是牛、羊肉加大蔥，一咬一兜湯，這是肉餅，不算是烙盒子啦。

烙盒子最注重的是拌餡兒，您到飯館要一籠花素蒸餃，那些白案子上的先生好像一個師傅教出來的，除了小白菜、大白菜之外，猛加豆腐干、粉條、黃花、木耳，炒點雞蛋絲，抓上一把蝦米皮，這一碗花素蒸餃的餡，就算大功告成啦。要是麵燙得好，皮子擀得薄，還可以吃幾隻搪搪饑。可是十之八九蒸餃皮厚麵硬，吃到嘴裡扎扎呼呼，愣是嚥不下去。所以家常做的烙盒子，一定要在餡子上下工夫了。

做盒子餡應當以菠菜、小白菜各半為主幹，愛吃韭菜可以加一點韭青（老一輩的人說烙盒子只能加點韭青，不能放韭黃，究竟是什麼老媽媽論，咱就不懂了），雞蛋炒好切碎（不要攤成雞蛋皮），上好蝦乾剁碎（忌用蝦皮），黃花、木耳、豆腐、粉絲，飯館是用來當填充量的，非常奪味，最好不用，要用也只能少用一點配色。然後加入各種調味料拌勻，備用盒子皮一定要自己擀，烙出來一盒子吃到嘴裡，才肉肉頭頭沒有桑硬的感覺。

烙盒子不用平底鍋烙，更不能上鐺炰，講究用京西齋堂特產支爐來烙，烙子上點油不沾，所以吃起來非常爽口。貪嘴的人碰巧或許吃得過量，可是盒子上沒有浮油，不會有膨悶飽脹的感覺的。烙盒子也是要懂得手法的，因為不刷油，一個捏不好就會裂嘴，所以盒子大小，以三寸圓徑為度。盒子包好，要用小瓷碟四邊切齊，再捏一遍。有人避免盒子裂嘴，特地捏上花邊，好看是好看，可是吃到花邊，就覺得有點擱牙了。其實壓過邊，用手錯著再捏一邊就不會散啦。薄邊當然比花邊好吃。

烙盒子是河北省的吃兒，還是山西省先有的，因為年深日久，可就沒法子究詰啦。不過據當年閻百川先生的秘書長趙戴文說，烙盒子是他們山西家鄉吃食，而且是他的本命食（北方人把自己最愛的東西叫本命食），所以趙先生家裡三天兩頭吃烙盒子。甚至有客人來，不是太外場的朋友，趕上吃烙盒子，也會款客入座的。趙府的烙盒子不但膾炙人口，而且吃烙盒子要蘸高醋，山西省的醋是舉國聞名，而趙府的佳釀，當然是沉浸濃郁、酸中透鮮的陳年老醋，凡是在趙府吃過烙盒子的，提起當年無不津津樂道。在臺灣想吃一回精細入味的烙盒子並不難，可是在臺灣甭說想吃山西的陳年高醋，固然渺不可得，就是想來點鎮江米醋也是沒法度呀！

烙春餅、蒸鍋鋪、盒子菜

按照北平的舊習俗，每年一過上元燈節這個年就算過完啦。有些出門在外，來不及趕回家過年，或者是有孝服在身，怕人家忌諱，不拜年又怕老親老友挑眼，說是不懂禮貌，所以拜晚年的還是所在多有。北平人有一個不成文的規定，只要青草沒高過驢蹄，在清明節之前給親友去拜年，人家還照樣要按新年來客人一樣款待的。

北方民風樸素，燈節一落燈，各行各業一律恢復舊常，居家過日子，每天三餐當然也一仍舊慣，恢復粗茶淡飯的生活了。北方春晚，從燈節過後到清明之前，要是來了拜晚年的遠客，最省事就是烙點春餅叫個盒子菜來招待。北方住家戶，什麼家常餅、蔥花餅、發麵餅、油酥餅，有的用平底鐺，有的用支爐（北平齋堂出品，與砂鍋同為京西特產），可是要提到吃春餅，除非家裡有大師傅，否則十之八九，都要照顧蒸鍋鋪了。

提起蒸鍋鋪，也是別地沒有的一種行當，既然叫蒸鍋鋪，自然是以蒸食為主啦。除了賣蒸饅頭外，每天清早天沒亮，還要蒸上大批豆沙三角、豆沙包、紅糖白糖的糖三角、開花饅頭、混糖饅頭，還有椒鹽的鹹捲子，供應小販批發了去沿街叫賣。此外代客蒸壽桃或是您自己拌好餡兒，送到蒸鍋鋪去蒸，按個收點費用，也是他們工作之一。蒸鍋鋪蒸的包子，形態跟一般包子不同，都是高樁式，包子上的褶子，紋路細而且密，連包子上的紅點，人家都是有講究的。猩紅一點，明豔晶亮，老北平一看就知道是出自蒸鍋鋪的傑作。

北平的蒸鍋鋪除了蒸食，跟念經放焰口的護食江米人之外，還有烙餅、芝麻醬糖餅、脂油蔥花餅。您自備麻醬、紅糖、脂油、蔥花也可，讓他代辦也行，烙出來的餅，那比咱們自己烙的可高明多啦。談到烙春餅，更是蒸鍋鋪的拿手活兒，他們烙春餅麵粉以斤為單位，每兩張合在一起叫一合。照春餅的大小，分為八合、十合、十二合三種，合數越多，張數越少。每斤烙十二合算是最小的春餅，再小就沒法捲盒子菜，只能捲烤鴨吃了。

民國初年雖然洋白麵用機器切大行其道，可是有一部分人仍然覺得摔條麵有咬勁又擋口（**北平話耐嚼的意思**）。大多自己家裡不會摔，於是摔麵條成了蒸鍋鋪營業項目之一了。吃把兒條炸醬麵，一定要鍋兒挑（北平不過水的麵叫鍋兒挑），麵味醬香才能發揮出來，所以小碗肉丁、肉末乾炸也就一併拜託蒸鍋鋪代辦啦。

講究人家吃春餅，除了炒個和菜，攤一盤雞蛋，來盤韭黃炒肉絲之外，盒子菜是必不可少的主菜。北平一般醬肘子鋪都代賣盒子菜，西城最有名的屬天福號、泰和坊，東城的寶華齋，北城的慶雲樓，南城的便宜坊都是赫赫有名的。盒子菜品質粗細有別，種類有多有少，一隻盒子裡最少是七種，最多有十五種的，當然在價碼上也就不大相同啦。

從前在大陸平劇裡有一齣玩笑戲叫《送盒子》，講述一家少婦請人吃酒，讓盒子鋪送一隻盒子菜來，跟送盒子的小力笨打牙涮嘴，詼諧百出。不過其中有幾句雙關語，比較黃色，如果能夠加以刪除淨化，倒不失為一齣消痰化氣的好戲。近來京劇舞臺演出的《打麵缸》、《雙搖會》、《小過年》、《連升三級》，都能贏得全場笑聲，可以證明這一類通俗小戲，比起一唱就是二十來句反二黃的大戲，較易讓大眾接受。

北平名票莫敬一（鬚生）、世哲生（武生）都是講究吃喝的，經常在月牙兒胡同票房消遣。有一年春節過後，票房第一次響排，散戲之後，莫、世兩位約我一塊去吃春餅，說是王華甫（小丑）、玉靜塵（老旦）在煙袋斜街醉仙居等著我們。當時我想醉仙居是個二葷鋪，哪兒來的春餅吃，就是有也高明不了，既來之且安之。等到了醉仙居，王、玉二位已經落坐喝茶，等候多時了，王華甫對我說：「今天讓您吃一回各別另樣的盒子菜。」一等盒子一上桌，尺寸比一般盒子大而且高，素漆紵丹，古色古香，跟一般的彩繪迥然不同。菜色雖只有九樣，可是菜格的木托上沒有什麼龍紋鳳彩，畫的都是些平沙無垠，牛群牧馬，赤幘戎冠的遊獵人物。群菜也普普通通，只有一樣拆碎的燻雁翅，雖然燻得很入味，可是雁翅是從來不上盒子菜的。主格裡好像是一式小個的炸蝦球，又像虎皮鴿蛋，吃到嘴裡柔酥鬆美，究竟是什麼珍味玉食，可真把筆者考住啦。

莫敬老說：「盒子菜是隔鄰一家叫晉寶齋盒子鋪特製的『敬菜』。晉寶齋是多年老字號，因為要清鋪底報營業所得稅，託莫敬一的表弟會計師陳同文給清理，才發現晉寶齋在元朝至正年間就開業了。折算結果繳納營業稅，所得稅給省了若干稅金，這是人家櫃上的一點敬意。盒子雖然不一定是當年故物，可是也可以確定不是晚清產品。至於主格像虎皮鴿蛋菜式，是牛的睪丸，那是晉寶齋祖傳的一味菜式，因為原料難求，這次是特地一顯身手，以酬高賓的。據說在元朝建立大都的煙袋斜街一帶，附近有什剎海、積水潭，荷香十里，溪流映帶，正是元朝消夏避暑勝地。晉寶齋的鋪東名叫『伊克楞得』，當然是蒙古人無疑了。」聽了莫敬老這一番話，才知道這一頓含有歷史的春餅，吃得太名貴了。

來到臺灣已有三十多年，大陸小吃也陸陸續續日漸增多，什麼南京板鴨、北平燻雞、保定燻腸、鎮江肴肉……等，在臺北都能吃得到嘴。現在春風駘蕩，仍透嫩寒，正是吃盒子菜捲春餅的季節。目前臺北的北方館，最保守的估計，也有百十來家，可是您打算吃一次正式盒子菜捲春餅，可能目前哪一家也備辦不出來呢！

端午節，吃粽子

每逢端午節，大概十之八九的人家都要吃粽子。可是口之於味，所嗜不同，所以同是粽子，以包法來論，有正三角、斜三角、錐子頭種種形狀，材料方面更是五花八門，各盡其妙。

北平粽子

先拿北平來說吧！過端午節，自己家裡包粽子的人家還真不多，大半都是從街上買點回來應景的。北平粽子是小三角形，個兒式樣都很小巧，北平管糯米叫江米，街上推車賣粽子的一吆喝就是「江米小棗的粽子」。這種粽子講究裹得嚴緊，煮得透而不爛，棗兒小，核兒細，冰得涼，吃到嘴裡扎牙根兒的涼才過癮。另外北平豆沙做得粗，多半不去皮，做豆沙包兒很好吃，可是包起粽子來就顯得格格楞楞有欠滑潤啦。北平人還喜歡吃白粽子蘸白糖或糖稀，要是再加上點玫瑰汁、木樨滷那就更清逸馥郁，冷香宜人啦。

廣東粽子

包粽子花式多、用料全，要屬廣東粽子了。甜粽有綠豆仁、蓮蓉、四黃、胡桃、棗泥、豆沙等，鹹的則有火腿、蛋黃、鹹肉、叉燒、燒雞、燒鴨，山珍海錯幾乎全是包粽子的材料。包粽子大家都用糯米，取其香濡性黏，可是膠質太濃，又怕膩不爽口，所以廣東美食專家講究包粽子糯米要山地產品，或是瘦瘠土地產品才算上選。廣東還有一種鹼水粽子，是用鹼水泡米，不鹹不淡，粽子煮熟趁熱用絲線勒成一片一片的，用線串起來晒到乾透，收藏起來，隨時可以拿幾片跟粥同煮來吃。漿溶碧玉，澀後甘香，據說可以清胃火，卻風濕，是否屬實，姑且不論，可是吃起來，確實別具風味呢！

臺灣粽子

臺灣粽子分兩種：一種叫菜粽，是花生仁、花生粉幾種乾果做餡兒的；一種肉粽，則用鮮豬肉、雞鴨肉、蛋黃、香菇、蝦米、油蔥包的。臺灣粽子對米的選擇很考究，一般都喜歡用圓糯而不喜歡用長糯，說是圓糯香濃味正，遠勝長糯。所以每到端午節前，圓糯、長糯每斗市價相差很多，不是有相熟的米店，甚至買不到圓糯，就是這個道理。臺灣粽子也是大三角形，粽體碩大，比廣東粽子還要壯觀，如果北平粽子跟臺灣的一比，簡直小巫見大巫，渺乎其小啦！臺南市有一家百年老店所做肉粽，因為貨真價實馳名全省，有很多小食店也都以「臺南肉粽」來號召，其中誰真誰假，只有天知道了。

湖州粽子

湖州粽子不但舉國皆知，就是美國的舊金山、洛杉磯也有湖州粽子出現。湖州粽子分甜鹹兩種：甜的是脂油細豆沙，這種甜粽子最難包，一個弄不好，靠近豆沙一圈的米會發生夾生的現象，所以包豆沙一類甜粽，必須用網油先把豆沙網起來，就不會有夾生的毛病了。至於鹹粽，火腿、鹹肉雙包、分包都好。只要是湖州粽子，一定是鏟子頭包法，一頭扁平一頭凸出，也可以說是湖州粽子的特別標記。湖州粽子是最講究火工，肉糜米爛，滲透均勻，同時對粽葉的選擇也特別精細，尤其包甜粽所用粽葉，最好採用帶有青色的新竹葉，吃的時候另有一種清遠的幽香。紮結的繩子要紮緊，不然米粒一煮膨脹，粽子一變形就不美觀了。每隻裝米量要均勻，肉要包得嚴，可是又不能包得太滿，滿就脹開；同時要用大火煮，煮好還要焐上個兩、三小時。所以說湖州粽子講究可大了，其馳名國際，也絕非偶然的。

湖州粽子雖然如此出名，可是您如果讓北方人吃，有些人也許認為粽子哪有吃鹹的感覺，而且又是爛搭搭的，一點也不骨立。反過來讓南方人吃北方江米小棗粽子，他們或許認為冰涼挺硬，吃下去之後，恐怕不容易消化吧。由此可觀，赤棗菖蒲，所好各異。粽子種類還多，這裡不過舉其犖犖大者，端午節到了，咱們還是各隨所好，吃幾隻自己愛吃的粽子，喝點雄黃酒，過一個久雨喜晴的端午節吧！

常州菜餅

咱們中國人和印度人，是亞洲兩大民族，大概是最喜愛吃餅的民族了。根據一位印度朋友說：「我們印度烙、烘、烤各式各樣做法的餅，差不多有三、四十種之多，一家堂堂正正的飯館，最少也得有六七種不同的餅類應市，否則只能算是飯攤，不能稱為飯館子了。」

咱們中國幅員遼闊，自東徂西，從南到北，甭說餅的種類，就拿和麵用的水來說，就分涼水、熱水、溫吞水，發麵、死麵、熗麵，談到餅的做法花樣，比印度餅的做法多上一倍恐怕還不止呢。

民國初年，印度詩人泰戈爾來華講學，在北京大學設講座，有一篇論詩的文章在商務印書館出版的《小說月報》上發表，他說：「中國文化真是浩若瀚海，拿餅來說吧，在印度時我認為印度做的餅可算是世界上花樣最多的國家了。哪知道到了中國，吃了中國各式各樣種類繁多的餅，才知道印度文化跟中國文化一比較，如同吃餅一樣，真是小巫見大巫了。」他這話雖然是句笑談，但可以證明他對中國的餅是十分欣賞的，而中國餅的種類，實在是太多了。

中國人吃麵的風氣也是南北各異其趣的：黃河流域以麵為主食，三天不吃麵，就覺得渾身不是滋味；長江流域各省只能拿麵食當點心，如果以麵代飯，總覺得沒吃飽似的；至於珠江流域，連蝦餃、粉果、燒賣的外皮，都用大米磨碎的澄粉來做，大概只有發麵的蒸食，不得已才用麵粉，平常簡直是不吃麵粉的。

據說中國最會吃麵食的省份是山西省，巧手的主婦，能做出七十幾種不同的麵食來。筆者雖然沒有吃過七十幾種山西麵食，可是三四十種是有的。以筆者的品評，麵食中餅的花樣最多，因為常常花樣變得多，口味換得勤，所以覺得餅最不容易讓人吃厭。可是吃來嘗去，中國餅類最好的一種不是山西的餅，而是江蘇的「常州菜餅」。

常州菜餅又叫爛菜餅，據名報人濮伯欣（一乘）說：「在明朝末年，常州有位孝子叫蕭公亮的，因為母親老邁，牙齒搖落，胃納不開，蕭孝子為了娛親，試做這種菜餅，不但適口開胃，而且不需過分咀嚼，吞下去也不影響消化。後來這種菜餅流傳開來，所以早先有人又叫它蕭公餅。」

做菜餅餡子、和麵是兩項最重要的工作，做菜餅的菜以菠菜、小白菜各半為正宗，沒有菠菜、小白菜的時候，用野生薺菜或是莧菜、蘿蔔的也可以。不論用什麼青菜，總以剁得越碎越爛越好，三七成肥瘦豬肉剁成肉醬，加油、醬、薑、蔥炒成細肉末，小河蝦剁爛加少許胡椒粉，一併加入菜裡拌勻。餡做好就要和麵啦，和做菜餅的麵是需要高度技巧的。麵一律用高筋的，先把麵粉放在盆裡用涼水稀釋後，拿擀麵杖或是攪拌器順著同一方向，慢慢的攪和；攪到麵已起勁，然後揪下一塊，捏成一塊麵片，把菜餡放在其中，從四邊把麵拉起包好；在平底鍋上，用鏟子壓成餅狀，輕油文火慢慢烤熟。這種菜餅以季節來說是朝霞沆瀣，四季咸宜，盤香翡翠，對於老人更能促進食慾，膏潤臟腑。在南方麵點中常州菜餅的確稱得上是逸品。

抗戰之前，財政部常務次長李調生是常州人，因為他本人酷嗜菜餅，所以調教出來的庖人，做的菜餅也非常拿手。李府約友小聚，登盤翠蓋，最後少不得總有一味菜餅呷稀飯。當時財政部部長是孔庸之先生，孔是山西太谷人，他的家鄉是會做麵食出名的。他自從吃李家菜餅之後跟人說：「吃麵食花樣翻新，全國各省山西不屬第一也屬第二，可是要論精巧細緻，那大家還是到李調生家吃菜餅吧。」由此可見，常州菜餅是多麼名貴了。現在在臺灣的常州同鄉一定不少，會做道地常州菜餅的一定也大有人在呢。

揚州的富春花局、賣花木、賣麵點

大凡去揚州逛過瘦西湖、平山堂、五亭橋、梅花嶺的朋友，少不得也要撥冗光顧一下大名鼎鼎的富春花局，品嘗一下揚州麵點到底滋味如何。筆者當年因為業務上關係，每年總要去一、兩趟揚州辦事，一到揚州鈔關，總是把行李叫人先送到住處，就一腳直奔富春品茗小酌一番，稍解征勞，然後再行公幹。

富春原本是賣花木盆景的花局，所以後來雖然富春以麵點馳名蘇北，可是門匾一直保留水磨磚鏤鐫「富春花局」四個大字。據說富春花局因為地勢軒敞，穿廊圓拱，除了栽種蒔葩異卉之外，打算兼售麵點以消永日。想不到久而久之，麵點生意蒸蒸日上，賣花木盆栽反而成了副業啦。

揚州有錢有閒的人很多，加上文人詞筆的渲染，歷代帝王的軒輦清遊，自然而然對於飲饌之道，酥酪醍醐、精益求精了。在揚鎮一帶，麵點館是一面品香茗吃點心，一面談生意的場合，所以麵館必須要準備經久耐泡的好茶，才能拉得住主顧。富春的茶葉耐久經泡是久負盛名的，他家茶非青非紅，既不是水仙香片，更不是普洱六安，可是泡出來的茶有如潤玉方齏，氣清微苦。最妙的是續水三兩次，茶味依舊淡遠厚重，色香如初。

有一次筆者正在淺斟啜飲，怡然自適，想不到上海大中華電影公司名導演徐欣夫偕同顧氏雙姝梅君、蘭君也翩然蒞止。他們三位對於富春的茶都有偏嗜，因為在金焦拍攝電影外景，特地從鎮江趕過江來品茗吃點心的。欣夫說：「富春的茶葉是富春老闆親手調製的，用六七種茗茶羼合而成，以轅門橋金吉泰的綠茶為主體，其餘幾種是分別在幾家茶莊買來，而後照不同份量勻兌合成的。這是人家悉心精研的秘方，咱們是學不來的。」如此說來，無怪有若干茶客對富春的茶特別欣賞讚美了。

富春花局的建築雖稱不上什麼紫翠丹房、雕楹曲檻，但是柳色荷香，綠榕蒼松，倒也布置得井然有致、古拙多姿。揚州跟蘇錫鎮寧等地一樣，都是講究吃早茶的，所以每天清早到中市，城廂的三教九流雜沓紛來，履舄交錯，來晚就要向隅的。因為流品龐雜，基於物以類聚的定理，每天常來的茶客中有告老時賢、頤養天年的老封翁共聚一廳，攜笻扶杖，全是些耆年皓首，茶客公錫尊號曰「老人堂」。

有些簪纓家世玩日偈月的一群花花公子，所到之處人影衣香、花光酒氣，他們也以一處豁亮敞軒當聚會笑謔的場所，大家也錫以嘉名「育幼院」。有些闤闠中人，踩行盤，談交易，耳語呢喃，虛矯恫喝，姿態各異，爭在毫芒，這些人過分嘈雜擾攘，知道茶客嫌他們討厭，所以也另闢東廂一室，自稱「交易所」。西廂有一竹欄小榭，高雅無華，比較清靜，就成了雙雙情侶談情說愛的場合了，當年周瘦鵑稱之為「鶼鰈廊」。他說上海喬家柵湯糰店有一「鴛鴦小閣」，跟「鶼鰈廊」貼切典麗，二者可以比美。想不到他在《新聞報》〈快活林〉副刊一發表，「鶼鰈廊」倒出了名啦。

富春中廳四面有窗，比較開闊，凡是不屬於四者的茶客、堂倌多半都接待在這個廳裡吃喝，上海聞人小辮子劉公魯，叫這廳為「大雜院」，也算名副其實。

富春花局每天冠蓋雲集，觥籌交錯，品類駁雜，因為各有泛地，所以秩序井然。茶客們的茶剛一沏好，就有些賣滷牛肉、滷胗肝、醬雞、醬鴨、花生、瓜子、蠶豆、酥糖的小販，提筐挎籃圍了上來。人家富春老闆慈祥仁厚，抱著我吃肉你喝湯的心理，任憑他們川流來往，挨桌兜售，從不驅逐。甚至賣煙嘴、煙盒、梳子、篦子、耳挖、牙籤也羼雜其間，外地遊客到此目不暇給。這跟武昌黃鶴樓上茶館，有人拿著搪瓷盆兜攬給客人燙腳、修腳，同時蔚為茶館中奇觀。

朋友們到富春吃茶，少不得先來一賣（一客叫一賣）干絲。揚鎮的干絲鬆軟細嫩，刀口絕佳，當年揚州麵點館的學徒，一磕過頭穿上圍裙，第一件事就是要學切干絲，切干子（揚州管整塊未切的干絲叫干子），要等干絲片得厚薄一樣，切得長短劃一，才能進一步學其他的手藝呢！揚州當地老資格的茶客請朋友吃茶，有個不成文的規矩，要請場面上的朋友，表示尊敬冠冕，必定要個煮干絲，客人表示謙讓，還要來上一句「燙個算了」。至於請一些比較熟識、不拘禮數的熟人，多半改煮為燙了（所謂燙就是北方拌的意思）。不管煮也好，燙也好，談到麵上澆頭，花樣可多了，老一輩的吃客能叫出十多樣來。當年名小說家李涵秋一碗麵上能叫出二十幾字的澆頭，真是洋洋大觀。筆者到富春，總嫌煮干絲油水太厚不夠清爽，喜歡叫一賣雞皮脆魚澆的燙干絲。雞皮腴而不膩，脆鱔酥而不焦，配上潤氣傳香的干絲，可以說宜茗宜酒的小饌。不過要是碰上自命揚州大佬請吃茶，可就慘了，堂倌也摸清了他們好排場講面子的習性，一手奉上干絲，背後還藏著一小碗重重麻油的調味料，堂倌表示老尺加一，還要來上一句，「知道是您老要的，自然加工加料」，然後把這碗麻油調味料往干絲上一澆，主人固然是滿臉光鮮，面子十足。可是像我們這些一向口味清淡，吃不慣重油厚味的客人，實在無福消受。雖然美饌當前，只好淺嘗而止，說什麼也不敢恣意大嚼，否則庫不存財，盡跑廁所了。

翡翠燒賣、翡翠蒸餃也是富春麵點中的雋品，既名翡翠，自然是一種甜點，玉果柔滑，溶漿碧綠，富春所製說它味壓江南，確也當之無愧。上海精美食堂以淮揚麵點來號召，紅白案子的做手確也都是從淮揚重金禮聘而來，除了所做棗泥鍋餅不大走樣，足堪跟富春比美外，至於翡翠蒸餃，論滋味、論形態，就沒法跟富春相提並論啦。

富春有兩種麵固然一般麵館不預備，就是富春也要應時當令才能吃得到呢！每年到了野鴨季節，他家有一種野鴨煨麵應市。上海有名中醫師夏應堂、張聾聾，對於年高體弱的老人，總勸人多吃野鴨，說是可以益氣補中，所以野鴨煨麵成為食補雙佳的美味。富春在野鴨季兒，每天準備的數量也不會太多，要看當年野鴨進貨多少而定。有一年左衛街一家鹽棧，在富春請些外路客人吃野鴨煨麵，頭一天還到富春特別關照過，結果第二天端上來不過二十碗左右，就沒法再添了。蟫螯白湯麵，湯是用鱔魚骨頭熬的，所以下麵的汁水其白勝雪，湯濃味正，腴不膩人。泰縣大東酒樓白湯肴蹄麵，泌漿賽乳，味醇肉爛，兩者在蘇北里下河一帶，同是膾炙人口的麵點。不過以我們外人來說，總覺得蜱螯麵鮮腴而爽，肴蹄麵醇滑脂厚，淺嘗則可，食盡一器，則勢所難能了。

在大陸除了各大都市外，大小鄉鎮真有些清樸淳古、淵雅出塵的茶樓酒肆，像蘇州的吳苑啦，揚州的富春啦，都是格調別具、意境特殊的。

北平、上海、臺灣的包子

中國不管哪一省的人都會做包子，不過有的地方拿包子當主食，有的地方把包子當點心罷了。

先從北平說起吧。北平有一種包子正名叫「門丁」，又叫肉丁饅頭。一般包子不論甜鹹葷素，都是用手包餡上籠屜來蒸，唯獨門丁是把包子皮擀勻，鋪在多稜形木製模子裡，把肥瘦肉丁加大蔥的餡兒填上封口，搕出來再上籠屜蒸的。門丁以煤市街致美齋最出名，您要是跟致美齋交買賣立摺子，趕上午飯後到前門外幾家園子聽戲，讓致美齋櫃上打聽到，約莫四點鐘中軸子的武戲一下場，人家櫃上的夥計就手拎提盒送點心來啦。不是「蔥肉門丁」就是「火腿酥餅」，大概聽戲聽餓了，覺得此時此地的門丁特別好吃。他們做門丁，肥瘦肉搭配得恰到好處，而且大蔥絕對挑好蔥，沒有蔥鬚枯葉，所以特別腴潤適口。甭說外地吃不到這樣的肉丁饅頭，就是在北平，也只有致美齋才有那麼好的門丁呢！

「攢餡包子」，北平凡是大點兒的飯莊、飯館都不做攢餡包子，只小飯館二葷鋪才賣，可是也不普遍。攢餡包子以西單牌樓西長安街拐角的小樓最出名，這家小館小到連字號都沒有，其小可知，後來起了個名叫會仙居，可是大夥仍然叫它小樓。小樓一角有兩個小單間，一共也坐不下十位客人，每早晨光熹微，天街人靜，先泡一盞香茗，憑檻啜飲，等候新出屜的攢餡包子。如果喜歡甜鹹兩進，叫夥計到樓下端一碗熱氣騰騰的杏仁茶，否則來一碗本鋪現勾的炒肝，就著熱包子一塊吃，不但特別落胃，並且有一種說不出的情趣和滋味。攢餡包子的餡兒以雞鴨血、胡蘿蔔為主，此外不過是豆腐、粉條、黃花、木耳、白菜、胡椒而已，可是人家調味料配得好，雖然素不見肉，可是吃到嘴裡，一咬一兜紅滲滲、油汪汪的湯，不明就裡的人還以為是蟹黃湯包呢。還有一絕是包子皮並不光滑，皺皺巴巴頗不受看，吃到嘴裡卻是越吃越愛吃。二樓的包子只賣早點，以三十籠為限，賣完此數，就明晨請早啦。離開北平之後，只在天津大胡同吃過一次攢餡包子，屈指算來已有三十多年不嘗此味矣。

在民國十五、六年時候，北平西城忽然發現一個賣天津包子帶鑲子肉的，每天下午三四點鐘就沿街吆喝叫賣了。起先大家以為他拿天津包子來號召，一定是油大滷水多的狗不理的包子啦。等買回來一嘗，敢情跟狗不理的包子完全兩碼事。他賣的包子，皮鬆餡多，肉不成團，鬆散腴潤，輕油重滷，的確是下午點心的雋品。至於罎子肉，五香味太濃，生意就沒包子興旺啦。他做出來的包子不但滋味好，選料認真，保溫方法更妙。他用一隻口小厚缸帶蓋，加上棉套，包子拿出來，永遠像新出屜兒熱騰騰的。筆者後來跟他熟了，才知道他姓馮，叫葵子，靠近天津的楊村人，所以他的包子才叫天津包子。他的手藝確實是天津狗不理學出來的，算是同宗一脈，人家葵子能夠別具手法而加以變更。他每天只賣一百二十隻包子，分兩次蒸，下兩次街來賣，只在西四到西單一帶胡同串賣，大約每趟用不了一小時就賣光啦。後來東北城又出了幾個賣天津包子的，講滋味油水，和葵子的包子一比，那簡直差遠了。過了兩年此人忽然不見，聽說賣包子賺了點錢，回楊村開蒸鍋鋪去啦。

「河間包子」，名為河間包子，其實包子不是河間府人做的，攤子上掛著一方「河間包子」木牌幌子而已。他的包子攤設在東安市場南花園雜耍場子旁邊，正對潤明樓。筆者當年每天中午在潤明樓吃飯，憑欄下顧，就看見一個胖子在一座白布棚子裡一邊包一邊蒸，忙得井井有條。胖子胖得眉眼都擠在一堆，永遠笑瞇瞇的，跟當今影劇雙棲名藝人葛小寶彷彿像兄弟一樣，兩隻手揉麵活似兩隻大肉包子在那裡翻動，尤其到了夏天，他穿一件夏布小坎肩，胖嘟嘟的身材，渾身哆裡哆嗦，時常引得遊人駐足而觀。他做的包子別具一格，既沒滷汁更沒湯水，餡子鬆散可是柔潤，同時保證不摻味之素（當時還沒有味王、味寶等名堂，只有日本味之素）。他的緊鄰就是爆肚王，叫一碗水爆肚配合著河間包子吃，凡是吃過的主兒準能回味出當年那份滋味吧！

「淮城湯包」，照字面上說，既然是淮城的名點，當然是淮城做得最好。筆者在蘇北的時候，往來淮城十多次，每次到淮城總要吃一兩次湯包。當地大小有名飯店的湯包大概都嘗過了，以我個人的品評，吃來吃去還是北平玉華台的淮城湯包獨占鰲頭。玉華台的白案子師傅是清末以美食著稱的楊世驤家調教出來的家廚，所以玉華台的湯包半燙半發，麵醒得好（麵發好放一段時間再包叫醒麵），吃到嘴裡麵不黏牙。湯包的滷水足，可是腴而不膩，據說他們另有訣竅。做滷水所用的肉皮，是先把肉皮煮軟，然後豬毛鉗淨，掛在通風的地方全都抹上老酒，讓小風吹到半乾，然後熬湯起滷。這樣做出湯包來，就溶漿精美、腴滑不膩了。玉華台的湯包經過一般吃客交相讚譽，不久在北平出了名，後來神氣到三五人去小酌，不是熟臉色，要點湯包，堂倌十之八九總會說今兒個沒預備，要整桌筵席的點心裡才給您配上一道淮城湯包呢。

廣東人有每天清早到茶樓酒家一盅兩件飲茶的習慣，在上海一般酒家，在點心方面無不爭奇鬥勝，花樣百出，用廣招徠。有一個時期時興吃大包，於是大家都在大包上別苗頭，一家比一家做得大，你家餡兒好，我比你家用料更精細考究。筆者當時年輕好弄，跟幾位好啖的朋友，一家一家去嘗，所得結論是：「京華的包子大，新華的餡兒鮮。」京華、新華兩家在生意上素來是互不相容的，既然叫大包，京華的大包做到五寸碟那麼大，一些老客原來是每天一盅兩件的，京華的大包既然大大放盤老尺加三，每天改為一盅一件就足夠果腹的了。新華方面腦筋一動，量的方面不跟你爭，在質的方面要把京華壓倒，所謂新華雞球大包，滑嫩腴潤，的確不凡。大包在上海灘足足出了三四年的鋒頭，後來弄到供應不及，只限堂吃，謝絕外賣的程度。

閒來跟幾位住過上海的朋友聊天，提起當年上海愛文義路美琪大戲院旁邊專賣大肉包的攤子，大家都不勝嚮往懷念之至。他家的包子，以個頭論，比天津狗不理的包子還大一號，不但到茶樓酒家發得好，鬆軟潔白，而且選肉認真，絕沒夾筋帶骨，吃到嘴裡潤氣蒸香，異常適口。從天矇矇亮新屜包子出籠，做到十點左右，兩千隻包子就能賣完收市。攤子前既無長桌，更沒條凳，吃客雁序排列，魚貫而前，有的立而就食，有的包紮帶走。當年上海名畫家白龍山人王一亭、中南銀行總經理胡筆江，都是那包子攤立食的客人。據說他家包子一出屜，站在旁邊趁熱吃特別腴美，等涼了再吃味道就差啦。

上海南市邑廟有一家賣南翔饅頭的也是一絕，每逢假日早上，要去吃南翔饅頭有時也得排隊。他家南翔饅頭比一般的個兒稍微大一點，優點是饅頭皮上下四邊厚薄擀得十分勻稱，絕無上薄下厚的情形，而且隻隻完整，絕不會一夾漏湯。別家奉送配饅頭喝的湯，全是醬油高湯加蛋皮，他家是魚蝦煮的白湯，濃鮮味正，有人帶點回家拿來下麵，真可以跟馳名蘇北泰縣的白湯麵媲美呢。上海好吃的包子種類還很多，在此不過介紹幾種比較特殊的罷了。

臺灣剛一光復，筆者初來臺灣，人生地不熟，想吃兩隻新出屜的熱包子，那真是戛戛乎其難。有一天在臺北衡陽街，發現一家小飯館叫綠園，居然有包子賣，於是叫了一客。包子形狀怪異，頗像帶褶的高椿饅頭，麵雖發得不錯，可惜太甜，餡子是碎肉末，也是甜甚於鹹，其味近似福州包子，而甜度尤有過之。在聊勝於無的情形之下，居然一口氣吃了四隻，這是來臺後第一次吃的甜肉包子。

屏東夜市場，就像具體而微的萬華圓環，百味雜陳，珍肴羅列，有一家溫州人專賣溫州餛飩跟小籠湯包。餛飩普普通通而已，小籠湯包可精彩了，麵是半燙半發，肉餡的調配，純粹江浙口味，腴而能爽，入口柔滑，每籠八隻，價僅十元，堪稱物美價廉。筆者來臺三十年，足跡走遍全島，可是所有吃過的小籠湯包，屏東夜市場的要算第一家了。可惜這家老闆食指浩繁，雖獲小利，仍難贍家，年前改投別業，所謂屏東夜市場的小籠包，現在已成歷史上的名詞了。

去年雙十節在臺北，有人介紹東門福利中心餐廳對門，有一家鼎泰堂吃蟹黃湯包（**原來是油行，現在做起麵點生意來了**）。他家既賣粽子鬆糕，又賣油豆腐細粉餛飩湯包等等，這些麵點不過爾爾，並無特色。所做蟹黃湯包每籠十隻，售價五十元，雖然價不算廉，可是包子非常地道，蟹七肉三，毫不偷工減料，可惜蟹黃略少，因為所用蟹肉是石門水庫豢養的河蟹，自然沒法跟大陸湖蟹相比啦，不過此時此地能有這樣的蟹吃，已經是難能可貴了。寫到此處忽然想起一個小小問題來，我們大家都知道沒餡兒的叫饅頭，帶餡兒的叫包子，可是偏偏北平的門丁，叫肉丁饅頭，南翔饅頭也是有肉餡的包子，一南一北都把明明是包子叫成饅頭，百思而不得其解。本想送請中視公司綜藝節目「頭腦體操」研究一個正確解答，可惜這個節目又告停播，只好暫時存疑！如有高明之士知道原委惠予指示，那就感謝萬分啦。

宋子文在武鳴園大啖河豚

究竟河豚在魚類裡是不是最為鮮美，我不敢說，可是大江南北「拼命吃河豚」這句話古已有之，而且真有嘴饞的朋友，因貪吃河豚而被魚子脹死的慘劇發生過。河豚別名叫鮭，可不是美國人喜歡吃的那種鮭魚。古時又叫魨，生長在河海交流鹹水、淡水之間，中國的河豚以淮海一帶生產的最為鮮美。這種魚小嘴大肚子，屬於無鱗魚類，肚腹都是雪白顏色，也最敏感，一碰到水藻鱗介立刻像皮球一樣膨脹起來，所以淮陰一帶土話又叫它氣泡魚。

河豚種類繁多，雖然全都有毒，可是分為可吃跟絕對不可吃的兩種。淮城淮陰一帶，到了春末夏初，河豚正肥的時候，大家小戶都要吃上幾頓來解解饞，因為所見者多，所以出了若干割烹專家。他們一望而知何者肥腴可吃，何者不但不能吃，而且要立刻弄死深埋地下，以免別人誤吃中毒。據精於此道的人說：「河豚脊背花斑紋理越鮮明，毒性就越劇烈，背頸呈現淺灰色每條不足一斤的，那是屬於花斑河豚幼魚，土名叫做灰氣泡子，也不能吃，吃了也能送命。」總之，河豚味道鮮美，別有一番風味，是別種魚類無法跟它比並的，所以有人寧可拼著性命來吃河豚，這足以證明河豚的甘鮮腴美是多麼誘惑人了。

其實割烹河豚有幾條基本原則，能把握住原則來吃河豚，是不會吃出人命來的。到了河豚上市時節，淮陰一帶講究接姑奶奶回娘家吃河豚，如果時常吃出人命來，誰還敢冒偌大風險接姑奶奶呀！吃河豚主要選毒性輕微的河豚，其實河豚肉大部分是無毒的，其毒多在肝臟、卵巢、魚子、魚血裡，只要收拾得乾淨，那幾種有毒的魚摒棄不吃，就不會出問題了。筆者兩度到淮城，一次是冬季，自然無河豚可吃；另外一次正是荊芥開花（據說荊芥花落入河豚湯內，吃者中毒無救），應當是河豚上市的季節，只見當地住戶家家洗盆刷桶，那是準備吃河豚的前奏，以為這次必定可以大快朵頤了。誰知那一年魚汛稍遲，還沒有河豚應市，可是公務緊迫，又不能稍延，幸虧淮城居停沈勁冬兄家中存有隔年晒製的河豚魚乾，燒肉煨湯，總算稍解饞吻，可是乾鮮有別，始終有一種隔靴搔癢的感覺。

民國二十二年于役漢皋，武漢也是出產河豚、講究吃河豚的地方，尤其橋口的武鳴園是武漢三鎮遠近馳名的百年老店。真有遠從沙市、宜昌慕名而來，特地趕到武鳴園吃河豚的。橋口地區已經算是漢口郊外，武鳴園是一座木造樓房，樓上樓下可以坐六十位客人，迎門就是一鋪大灶，溶湯沸滾，魚香四溢。可是牆宇黧黑，泥垢斑駁。第一次光顧的時候，猛然想起李時珍《本草綱目》上說：「煮河豚時忌樑壁火焰。」一看了這種情形，哪還敢倓然入座，幸虧同去的趙知柏兄光顧過多次，毫髮無傷，這才摳衣坦然入座。武鳴園這大鍋魚湯，平素是煮鱔魚，河豚上市加河豚，終年鼎沸，羊脂溫潤，其白勝雪，比起揚泰的白湯麵自更鮮腴肥美。到武鳴園吃河豚，都是專程而來，既然豁出去啦，自然是一大碗一大碗的，像吃蛇羹一樣大啖一番。請想能夠拼著性命不要也要嘗嘗的美味，其滋味如何，還能錯得了嗎？所以吃完之後，每個人全是湛然香暖，其樂無極。

民國二十三年春天，財政部長宋子文來漢口巡視財稅機構，統稅局的謝奮程、印花稅局的韋頌冠、江漢關的席德炳、金城銀行的王毅靈都是財稅要員，公餘自然追陪遊宴。當時漢口只有一家粵菜館是冠生園，連吃兩餐就都厭膩，宋一再提出要吃一次武鳴園的河豚，可是在座政要誰也不敢應聲。第三天在吃中飯時，宋忽然掏出一枚銀元，笑著說：「我打聽出吃河豚的規矩，要吃就是自摸刀（**自己吃自**

己），因為有危險，所以沒人敢請客的。我自己出錢，不要人請客，你們這些識途老馬，總應當陪我一嘗異味了吧！」他這一番連玩帶笑的話說出來之後，晚飯大家只好硬著頭皮，陪他到橋口武鳴園吃河豚啦。

宋體力充沛，食量兼人，有一年因為某種政治因素辭去財政部部長職務，某一位新聞記者訪問，問他是否健康欠佳，他毫不考慮的說：「本人體健如牛，這次請辭完全基於政治上看法不同。」率直大膽，上海新聞界的嚴獨鶴先生，稱宋是天真無邪的部長，可以說批評得恰到好處。後來他再度出掌財政部，部裡同仁背地裡送他一個綽號，叫他牛部長。這次到武鳴園吃河豚，既然是想望已久，自然是大啖一番，想不到頃刻之間，他連吃四大碗，好像意尚未足，連說過癮痛快，「拼命吃河豚」這句話是有它的道理的。

自宋吃過武鳴園後，這家館子名氣就更大了，中央要員道經武漢，趕上河豚季慕名前往的大有人在；比起蘇州木瀆吃鲃肺湯還要來得轟動。

勝利還都，有一次資源委員會在上海中央銀行開會，筆者又跟宋氏相值，他想起當年在橋口武鳴園大啖河豚的往事，豪情飆發，自信雖然事隔十多年，仍有連啜四碗的食量。筆者告訴他在抗戰期間，日機轟炸武漢，橋口受災慘重，武鳴園已經成了一片瓦礫。彼此相顧，回想當年大家狂啖河豚的豪情壯舉，心裡都有一種說不出來的滋味。

從民國三十五年來臺，久已忘記河豚鮮美滋味，哪知道日本人愛吃河豚的也大有人在。前幾年日本料理銀鍋在臺北新開張，銀鍋主人跟亡友徐松青有舊，他從日本運來一批河豚，知道松青最嗜河豚，所以約了我們幾個不怕死的大嘗鮮味。可惜日本烹調方法跟中國不同，他們是吃生的，配料也是吃沙西米的一套，把河豚鮮腴肥潤的特長，都讓芥末辣味給攪和了。雖然覺得可惜，可是又未便說出口來。這件事距現在又有十多年，想吃適口充腸的河豚只有等將來解饞吧！

也談豬油

前些時看到萬象版刊載《豬油何處去了》一文，於是也使我想起許多有關豬油的事情來。

早年在華北，甚至於全國各省，無論是家庭或大小飯館，除非您事先對家裡廚子、飯館跑堂交代要用素油，十之八九都是用豬油炒菜的（華北有些省份，像山東、河南，豬油還要加個「大」字，叫豬大油）。平心而論，用豬油炒的菜，如果適量適時，滾熱上桌，那的確比素油炒出來的菜滑潤好吃。舍間當年所用女傭大半都是從南方帶回北平來的。重堂在闈，長輩中有的終年茹素，有的唪經禮佛，每月總要吃幾天花齋，持齋的素菜恐怕大廚房鍋碗不乾淨，全是由女傭們動手烹煮。那個時代尚無所謂的紅花籽油、沙拉油等，北方人炒素菜只知用小磨香油，南方人才會用花生油，所以舍間的素菜是花生油或者小磨香油兩者兼用的。用素油炒菜，唯一要訣是油一定要滾得透菜再下鍋，否則有豆腥氣、香油味不好吃。最早德國醫院法國醫院兩位名醫狄波爾、克禮極力提倡他們的病人吃香油或花生油，不要吃動物油，後來協和醫院開業後，院裡大小大夫眾口一詞，認為凡是動脈硬化、膽固醇濃厚、血管栓塞、身體過胖的病人，十之八九是吃豬油太多所造成的。勸病人以後不吃動物油，改吃植物性的油類。舍間對這點倒是得風氣之先徹底響應，讓廚房炒菜，不分葷素一律改用植物性的油脂。可是一般飯館因為豬油做菜腴潤滑厚，而且多年以來成了習慣，硬是改不過來。

北平最負盛名的山東館是東興樓，廚房大灶就設在大門左邊，不但來的飯座兒，就是過往的行人都可以看見掌勺的大師傅在灶火邊上，一把大鐵勺能把勺裡菜肴一翻多高，勺鏟叮咚亂響，火苗子一噴一尺多高，灶頭上大盆小碗調味料羅列面前，舉手可得。最妙的是，僅僅豬油一項就有四五盆子之多，不但要分出老嫩，而且新舊有別，什麼菜應用老油，什麼菜應用嫩油，何者宜用陳脂，何者宜用新膏，或者先老後嫩，或者陳底加新，神而明之，存乎一心，熟能生巧，彷彿在油上功夫運用到家才能獲得調羹之妙。所以說吃火候菜，家庭烹調技術再高，也沒法跟飯館子來比的，就是這個道理。至於後來提倡用素油炒菜，誠如該文作者陳琍明所說的豬油在我們四周「化明為暗」，那是百分之百事實，一點都不假。

在北平，豬油另外一條出路是中式餑餑鋪，他們無論做什麼樣的點心，一律都用豬油，因為豬油起酥容易。至於持齋人吃的素點心，有專門賣淨素的點心鋪，因為北方人最初全不懂得使用花生油一類的植物油，所謂素油就是香油，因此做出來的點心一股子香油味，除了吃齋的以外，誰也不願意吃素油的點心。談到餑餑鋪所用的豬油，不但特別，而且講究，有一年筆者讓西四牌樓蘭英齋做點藤蘿餅，自己家拌好了餡兒讓他們去做，在櫃房一聊天，就聊到豬油上了。他說櫃上特別另外做了二十個藤蘿餅，是櫃上送的，讓我回家用瓷罐子收起來，保證留到年底吃，絕對不會走油發霉。這些餅是三十年陳豬油烙的，不但特別酥，而且放個一年半載保證不壞，後來這些藤蘿餅，真是放了大半年才吃，一點都沒壞。

早先北平沒有屠宰場，屠戶殺豬的地方叫湯鍋，都集中東四牌樓、西四牌樓一帶，湯鍋除了殺豬之外，就是熬煉豬油。他們把熬好的豬油，倒在陶製大罈子裡，做上年月記號，就窖藏起來，每年一過重陽，登過高，餑餑鋪的大掌櫃的就忙著進貨了。這時候湯鍋方面，同行公議的油價也掛上水牌（**北平買賣家都有一塊木質記事板掛在櫃房，隨時記事叫水牌**），油價是年代愈久，價錢愈高，最久的有三十年以上陳油，雖然早晚市價不同，可是聽說要比新油貴到十倍以上的價錢呢。不過這樣陳年豬油價錢太高，每一家餑餑鋪，每年也不過買上二三十斤而已。

華中、華南一帶得風氣之先，早就知道用菜油跟花生油、豆油炒菜了，當年上海聞人關絅之（號關老爺）開的素食館功德林，有一個名菜叫炒豆腐鬆，因為香酥鬆脆，腴潤味永，大部分人都不相信是用素油炒的。其實人家功德林樓上設有佛堂，佛門善地，絕對不進葷腥，功德林是為方便茹素人而設，既不牟利，又何必自欺欺人呢。

臺灣在光復之初，不但大小飯館清一色是用豬油炒菜，就是家家戶戶炒菜也都用的是豬油，游彌堅做臺北市長時期，工程師學會在臺北召開，舍表兄張文田從上海來臺與會，游、張兩人在大陸時是同班同學，而且同屋，游請舍親在寓小酌，所有炒菜都用的是素油。在座有一位老者是游市長的一位長親，每一道菜上來，他老人家一直不動筷子，後來說出是不吃素油，當時筆者覺得很奇怪。後來參加了幾次本省朋友的大宴小酌，任何菜肴一律使用豬油，無怪游氏長親驟然間對吃素油無法適應呢。

近十幾年來，每位家庭主婦都知道吃動物油對身體健康極為不利，所以無論到本省、外省親朋好友家吃飯，飯桌上幾乎已經聞不到豬油炒菜味道，幾乎都改用植物油了。雖然有些飯館仍舊陽奉陰違的偷偷用豬油炒菜，點心店用豬油做糕點，可是植物油的使用量確是直線上升，時常呈現供不應求的現象。準此以觀，動物油的使用量自然是相對的減少了。不過有一項令人不解的是，現在每天屠宰豬隻頭數，依然漸有增加，大小飯館、中西點心店鋪也消化不了偌大豬油數量，這些多出的豬油都怎樣消化掉了呢？誠然是個令人不解之謎。最近有位海關朋友對我說，剩餘豬油已然列入外銷物資行列，拓展外銷，你大概還不知道呢。我希望海關那位朋友說的百分之百是事實，否則若干的豬油化明為暗在我們左右作祟，對我們大家健康的影響實在太大了。

做酪新法

今年春節跟梁實秋、夏元瑜諸兄，在臺北國賓飯店小敘，聊來聊去就聊到北平的奶酪了。實秋兄說：「有一種外國貨凝乳片，用來做酪不但簡便，而且可以亂真。」當時我以為中山北路一帶伙食房一定有得賣，可是問了幾處，都是搖頭全是莫宰羊（不知道），後來有幾位讀者寫信來問凝乳片何處有售，於是我又到高雄幾家大百貨公司去問，仍然不得要領。

七月初實秋兄自美旅遊返國，承惠寄美凝乳片「JUNKET」Rennet Tadjets 兩盒，每盒十二片，每片可製兩飯碗奶酪，製法非常簡單。

一、新鮮牛奶兩小飯碗，約八分滿，一併倒入鍋裡稍煮，只要溫熱，不可滾沸，如太熱，要等吹涼再用。

二、煮牛奶時加糖，但不可過多，太甜就不像奶酪了。如有適當香料此時加入，否則不加為是。

三、趁牛奶微溫時，放凝乳片。先用溫水把凝乳片泡幾分鐘，等稍軟化，用匙羹碾碎，調成糊狀，加進奶內攪和均勻。

四、等牛奶涼透，放入冰箱約二小時就凝固可吃了。奶酪做好試嘗之下，凝而不滯，濡而能潤，雖非正宗心法，可是比起當年黃媛姍在中華路製售的奶酪，以及高雄大水溝「都一處」老闆做的，都顯得高明點。唯一缺點是嗅覺方面似乎少點糟香，下次再行試做，準備溶化凝乳片不用溫水，改用甜酒釀（北方叫江米酒），喝酪微帶糟香就盡善盡美了。

自從梁實秋兄在《聯合報》萬象版寫了一篇〈酪〉，在下又補充了一段〈續酪〉，跟著有若干讀者寫信給咱，問酪的做法跟凝乳片在何處有售。這種用凝乳片做酪的方法，不但簡單明瞭，而且跟老法子做出的酪極為相似，所以特地寫來供諸同好。

紅燒象鼻子的秘密

先母舅張柳丞公游宦粵省多年，所以對於羊城飲饌，品嘗殆遍，常聽他老人家談起，民國二十年前後民康物阜，在飲宴方面奇矞豪華，珍錯悉備，當時廣州有所謂四大酒家，最負盛名，西關的「謨觴」、「文園」，南關的「南園」，長堤的「大三元」。這四大酒家各有自己的招牌菜：大三元是以紅燒紫鮑排翅為號召；南園是以上湯稱雄，上湯一海碗外賣，是小洋兩元，照目前銀碼折合價錢，也就太驚人啦；文園以四熱炒馳名百粵，他家熱炒純粹用螺蠔蛤蚧一些珍異水族入饌，上味橫出，爭誇異味；謨觴珠簾玉戶，鵾甍飛簷，錦鋪儼雅，罍卣清奇，當年如設滿漢全席，非有謨觴那樣高堂邃宇，才能夠撤筵翻席周旋進退，揖讓自如，推為當時最開闊的場地。

謨觴在廣州以會做滿漢全席馳名，同時香港德輔道中有一家大同酒家也以擅製滿漢全席自誇，儘管嶺南富饒，豪商巨富、西紳買辦雲集港九、廣州，每天觥籌交錯，錦衣玉食，過著紙醉金迷、窮奢極侈的生活，可是誰也不會隨隨便便來上一桌滿漢全席大啖一番。兩個酒家互別苗頭的結果，畢竟謨觴主人棋高一著，獨出心裁，把滿漢全席的熊掌、駝峰、象鼻、猩唇四珍之一的象鼻拿出來奉客，凡是一百二十元以上的酒席就外贈敬菜紅燒象鼻一簋請客品嘗，這道菜羊脂溫潤、濡肥腴爛，可是毫不膩人。

梁均默（寒操）先生是粵菜飲饌大名家，張、梁兩公對這道菜的質料時常發生疑問，大象在中國並不是一種普通動物，搜求並不簡單，如此供應，難道就不怕原料不濟了嗎？而且肌理滑香，象肉何以如此柔嫩，屢次向堂倌探詢也不得要領。臺灣光復，兩老先後來臺偶或聚晤，還常把在廣州西關吃的紅燒象鼻當話題來談說呢。

上次筆者在萬象版寫了一篇〈華筵餕餘〉，也談到了象鼻，承讀者周逸亭先生賜告，據說約莫在二十年前，香港畢打街有一家藍天餐廳，周先生就在該餐廳工作。餐廳老闆莊保慶把中餐部分包給一位羅醫生承做，羅醫生手下有位廚師謝樂天，曾在清宮御膳房當過差。於是他們想出一道御廚名菜「紅燒象鼻」，為了招徠吃客，凡是預訂酒席，每桌在二百五十元以上者，便每客奉送一小碗。周先生因為近水樓臺，常到廚房舀一兩碗來吃，味道確實跟紅燒牛肉差不多。在生意最旺盛時期，每天要送出好幾十碗，但最令人奇怪的是從沒見有人把整條的象鼻子背進廚房裡來過，究竟象鼻從何而來，廚房裡一干人等固然是守口如瓶，就是問掌灶的謝樂天，也只笑而不答。

直到莊、羅兩人因故拆夥，羅大夫到九龍河內道開了一家江南之家，謝師傅當然跟著跳槽，臨分手的時候，謝樂天才把這個秘密說出來。敢情所謂象鼻，實際是豬大腸的腸頭冒充的。把腸頭最肥厚一段切下來，用粗繩一道一道的紮成象鼻的橫紋，浸在滷水裡三天，腸頭已然成形，然後用重油濃料紅燒，臟氣全消，再也吃不出是大腸的味道了。

經過周先生這一番解說，幾十年的疑惑豁然頓開，同時周先生親身經歷與張、梁二公所知大致吻合。由這件事情證明，所謂山珍海錯，並不見得完全是名實相符。有些菜名叫起來，讓人覺得這道菜是靈肴異味，如果西洋鏡拆穿，實在稀鬆平常，沒什麼奇特之處，不過是唬唬人而已。

新剝「雞頭」糯又香

芡實在北方又叫「老雞頭」，剝好的叫「雞頭米」。芡實生在濠濮潢澤之中，葉大而圓，平貼水面。面青背紫，花莖有刺，夏天莖端開紫色花，很像雞頭，所以才叫老雞頭。頭裡果實纍纍，還有幾層含有黏液的軟皮，因此剝取雞頭米不但手續繁複，而且一不小心很容易被硬刺扎破手。除了北平之外，在下只在蘇州無錫吃過芡實米，其他各處只有晒乾的芡實米當藥賣，照《本草綱目》、《雷公藥性賦》闡示，芡實具有健脾利濕、去積滯等功效。

北平各種吃食，都是有節氣管著，抗戰之前，比如說炰烤涮，任何一家飯館不交立秋，「烤涮」兩個大字招牌是沒有哪一家敢掛出來的。自從日本軍閥攻佔華北一帶，那一群土包子一吃涮羊肉，敢情比他們的雞素燒滋味鮮美，再一嘗烤肉，比他們鐵板燒更是香而且嫩，因此不管夏日炎炎，雖然順著脖子流汗，或烤或涮照吃不誤。可是人家賣老雞頭的，跟日本人沾不上邊，依然是不交立秋絕不挑著挑子下街。賣老雞頭呀，剛上河喲，他永遠吆喝老雞頭，其實最嫩的煮出來之後，外皮淺黃，剛剛完漿，不但不好剝，而且也嫌嫩了點。真老雞頭煮出來之後，外皮顏色呈青褐色，要用磚頭把外皮敲碎剝開來吃，要有牙口，喜歡帶點咬勁的，才愛吃真正的老雞頭。一般人大半都愛吃不老不嫩，煮好之後，外皮是深老顏色，老北平管它叫二蒼子。這種雞頭剝好，用清水漂洗乾淨，放在新鮮牛奶裡加白糖煮來吃，甜醽九投，珠泛雪液。蘇錫一帶最講究吃甜食小品，可是香糯清新，就是蘇州蕩口菱塘的芡實也有所不及。

當年白髮鼓王劉寶全就講究吃鮮奶子煮雞頭米，他說：「這種吃法既可補中益氣，又能讓嗓音打遠，尤其是海淀天一堂一帶河塘產的老雞頭更好，因為那一帶水田是玉泉山泉水灌溉的，菱藕雞頭固然比別處生產的鮮嫩帶甜，就是當地御田的紅湛稻，又何嘗不是一絕呢！」所以每年老雞頭一上市，他總要託朋友到海淀帶點老雞頭回來嘗嘗鮮。

筆者一到秋天，老雞頭一上市，只要賣老雞頭的在門口一吆喝，天天買上二三十個，立刻叫人挑二蒼子，煮熟了有空閒就自己砸碎剝著吃，不是此中人，不會領悟這份情調，沒有時間就只好用牛奶煮來吃了。來到臺灣一晃二十多年，不但沒聽說哪兒有鮮的老雞頭賣，因為這些年也沒進過漢藥店，究竟藥鋪裡有沒有乾芡實米賣，還不得而知呢！愛吃老雞頭的朋友，聽到說老雞頭饞不饞？

春江水漲刀魚肥

前兩天陳嘉驥先生在萬象版寫了一篇〈松花江冰下網白魚〉，把漁把頭鑽進冰窟窿裡拉網釣魚的情形，寫得繪影繪聲，同時把冬天松花江白魚（當地人叫它冰竄兒）細嫩鮮美刻畫無遺。我想凡是吃過松花江白魚的人，看了之後口水都要直流。

中國人吃魚講究焦山的鰣魚、松花江的四鰓鱸、潯陽江的活鱖魚、松花江的大白魚，這四種魚被稱為魚中四大雋品。其實要論魚肉細嫩滑潤，這四種魚肉的細嫩都要遜刀魚一籌。刀魚本名鱭魚，又叫鮆魚，魚身狹長，兩側窄薄，極似尖刀，所以才叫刀魚。

太湖出產的刀魚，鱗細色白，通體如銀，比天津衛河的銀魚還要白亮，太湖漁家叫它湖鱭，還不算刀魚中的上品。最好的刀魚，是產在江海交匯的海域，江蘇的瓜州一帶，四月底五月初，洄游到里下河一帶，這時候春江水漲，正是膘足肉細、甘肥適口的最好時光。無論怎樣烹煮，都沒有膩滯成糜、礙口不爽的情形。古人說，鰣魚多刺，海棠無香，曾子固不能詩，是世間三大憾事。口之於味，當然各有不同，以在下吃鰣魚品嘗所得，鰣魚之妙，妙在附鱗之肉，蘊有油膏。這部分魚肉確極腴美，可是其他部位的魚肉則粗糙滯澀，別無可取之處。

少年時曾跟三五友好，自己操舟在焦山江面捕得鮮鰣魚，立刻在船上割烹下酒，那種剛出水的鰣魚，可以說是最新鮮的鰣魚了吧，可是仍舊有魚肉太粗的感覺。古人常把鰣魚多刺列為憾事，其實鰣魚的精華就在鱗，冗刺雖多倒也無礙。可是刀魚就不同了，全身密密茂茂盡是細刺，刺越多的地方肉越細嫩。北方吃魚，除了天津人的技巧可以媲美江浙人士外，多數北方人對於多刺的魚，都是望魚興嘆，莫可奈何的。

有一年在揚州某次宴會上，座客都是美食專家，又趕上刀魚季，筆者誇讚刀魚的肉實在太鮮美了，可惜細刺太密，令人無法享受。同席謙益永鹽棧經理許少浦君，即席約定第二天在鹽棧早茶吃刀魚麵。屆時共有七八位客人應約而來。揚州人吃東西一向是斯斯文文的，可是吃麵用的碗可真不小，比北方的小海碗稍微秀氣點，每人刀魚煨麵一大碗（**煨麵彷彿北方的熗鍋兒麵**）。玉潤鵝黃，剔好的刀魚肉，每碗上都是鋪得厚厚實實，照我估計，每碗差不多要七至八條的刀魚肉才能鋪滿。

當時我覺得非常詫異，哪來的若許廚子專剔魚刺？後來有一位鹽棧執事透露，刀魚刺多冗細甭說沒法剔，就是剔也沒法剔得一根刺不漏，刀魚剔刺，有一個巧妙方法，困難問題自然迎刃而解。刀魚麵最好以上等口蘑吊湯，取其清逸湛香，加入少許京冬菜紅燒，選一大鐵鍋，用木質鍋蓋，先拿鹼水、清水洗淨，把生橄欖（又叫**檀香青果**）榨汁，在鍋蓋陰面塗抹幾遍，然後把燒好的刀魚，排列鍋蓋陰面。另用細竹片分頭、中、尾三段，把魚嵌牢，不讓整條滑脫，鍋裡放下燒魚原汁略注雞湯或高湯，隨後把鍋蓋蓋嚴。大約經過一小時，魚肉經滾湯熱氣蒸薰，自然全部掉到湯裡，整條魚骨頭，仍舊完完整整黏在鍋蓋陰面。用這個方法做的刀魚麵，可以放心大啖，就不必擔心魚刺卡喉啦。

後來曾經依法炮製，歷試皆然，從此每逢刀魚季節，總要大啖幾次。現在棲遲海隅，雖然偶或有刀魚賣，臺灣刀魚也微蘊甘香，可是肥腴醇厚比大陸的刀魚，相差太多了。望風懷想，立刻引起無限鄉思。

纖纖春筍憶鮰魚

前兩天在超級市場蔬菜櫃裡，看見收拾得乾淨細嫩的春筍，立刻想起當年在大陸，不正是吃春筍燒鮰魚的時候嗎？江南春早，在江淮一帶，獻歲發春，水暖魚肥，第一道上市的魚鮮，就是古人稱鮭、鯢、魨、鮐，中國人跟日本人都愛吃的河豚魚了。

河豚將近殘市，接踵而來的就是刀魚。刀魚的學名是鱭，又叫鮆魚，蘇東坡在宋朝不但詩詞書法冠絕當時，他的好啖也是出名的，東坡肉就是他老人家的傑作。他的《寒蘆港》詩：「溶溶晴港漾春暉，蘆筍生時柳絮飛。還有江南風物否，桃花流水鮆魚肥。」詩裡所說的鮆魚，就是我們現在說的刀魚了。

每年清明過後穀雨之前，柳絮成團，丁香初綻，也正是刀魚下市鮰魚登盤薦餐的時候。鮰魚原名鮨魚，大家叫慣了鮰魚，久而久之，有人叫它鮨魚，反而覺得有點陌生了。靠近長江一帶口岸，都有鮰魚蹤跡，不過以江淮地區所產肉嫩味鮮，特別出名。

鮰魚因為體型寬厚，每尾都有二三十斤重量，如用網罟，往往被它掙脫，破網潛逃，所以捉捕鮰魚一定要用滾鉤才能得手。鮰魚肉細味厚，骨軟多脂，因此容易朽腐，所以鮰魚一離水，就必須立刻冰藏，運往市場銷售，售價也就比較一般魚鮮為高，就是這個道理。

鮰魚既少人清蒸，更沒人煎炸，多半都是紅燒。鮰魚上市，春筍正肥，鮰魚只有魚骨，沒有冗刺，把鮰魚連骨帶肉，切成寸半骰子塊，用重油文火煨燉，起鍋上桌，熱騰騰、紅暾暾、汁稠稠、香噴噴的，膘足脂潤，腴不膩人，可算是宜湯宜飯魚中雋品。吃刀魚怕刺，吃河豚怕死，只有吃鮰魚可以隨意大啖大嚼，此在老饕們來講，鮰魚季若能夠放量吃幾頓春筍燒鮰魚，也是人生一大快事。

民國二十年，筆者于役漢皋，同仁在武昌蜀園上巳春禊有一味豆瓣魚，瘦小枯乾，人人搖頭，在座有位同仁說武昌太守梁大鬍子（**梁鼎芬因留有絡腮鬍子自號梁髯，所以人稱梁大鬍子**）寧吃武昌魚，把武昌的魚說得天花亂墜，其實不過爾爾，何足為奇。同座有位詹君子壽，湖北麻城人，是黃石港水泥廠廠長，他說：「黃石港有一種時鮮名菜叫鮰魚，因為長江江面浩瀚，波濤洶湧，黃石港是長江江面最狹仄的一段，魚群擁至，騰波鼓浪，觸石吐雲，共聲駭人。此時正是鮰魚盛產時節，等網得大魚，當請在座飽啖一番，就知道梁星海所言非虛了。」我雖然吃過不少次鮰魚，可惜始終未曾一窺鮰魚的廬山真貌，現在既有得吃，又有得看，所以一接電話，立刻命駕而往。敢情鮰魚鼻短有鬚，嘴巴生在頷下，腹泛青白，有類鮎魚，魚身巨大無鱗，背上有一條豎立的魚鰭，所以古人叫它鰭魚是有道理的。不論多堅韌的魚網，魚鰭一劃而過，有如利剪裁帛，迎刃而分，由此才知道網鮰魚一定要用滾鉤的道理在此。自從在黃石港吃過一次鮰魚，證明鮰魚瀠洄地區廣袤，並不限於淮海一隅了。

抗戰初期，政府南移，凡是來不及隨軍轉進的，大家都麇集滬濱暫避塵囂。有一天，柳詒徵、柳貢禾叔侄修禊春酒，請吃鮰魚，想不到清道人李百蟹也是座上客。久聞李百蟹大名，能獲晉接欣幸之極，他除了大塊吃肉之外，並且專揀魚骨吸吮，據說：「魚肉固然甘肥適口，可是魚的骨髓有同玉液瓊漿，那比鰱魚頭腦，羊脂溫潤高明多矣。」自從這次得聆教益，嗣後每逢吃鮰魚，對於魚骨總是咀嚼唼喲，不輕言放棄。

世交徽州潘錫九、金陵周植庵，因為久居邦江，對於鯛魚同有特嗜。民國十年春季，嗇公張季直在南通召開大生紗廠理監事會，潘、周邀我同去南通出席，這次結果非常圓滿，嗇翁前輩異常高興，會後請潘、周、胡筆江及我寬住兩天，請吃田四嫂拿手菜燒鯛魚。田四嫂是蘇北宜臨人，曾經侍候過繡聖沈壽多年，沈在南通去世，田四嫂仍留張家，在小廚房工作。田受沈氏指點，頗得調羹之妙，蒸鳧炙鴇，醇正昌博，尤其烹製鯛魚，更是技擅易牙，巧手薪傳。田四嫂燒鯛魚向來是不用鮮筍而用筍乾，每年春筍上市，河蝦正肥，洗出晶瑩溫潤的蝦子陰乾，用極品白醬油浸泡經年，然後再把新上市春筍用蝦子醬油泡上三五天，取出晒乾，密封收藏，等烹製鯛魚時候，開封使用。不但助鮮提味，而且色香味永，烹調精細入微，這是所吃過鯛魚中的極品。大啖之餘，此後每逢鯛魚季節，對於田四嫂鯛魚總是念念不忘。據張季老說：「歐梅閣落成後，曾經在閣內東楹請歐陽予倩、梅畹華吃鯛魚，前清遺少小辮子劉公魯，嗇公知他酷嗜鯛魚，曾折簡相邀，惜他正值臥病，未能踐約，事後自怨朵頤福薄，寫了一篇情文並茂的〈鰽魚頌〉，登在天津出版的《南金》雜誌上，被袁寒雲看見，說他饞人嘴臉、貪饕醜態躍然紙上。兩人竟然為鯛魚打起筆墨官司來，兩枝健筆，你來我往，煞是熱鬧，報界的張丹斧、鄭逸梅由於勸架都被捲入筆戰漩渦，最後還是陳筱石知道後，請大家吃了一次鮰魚來排解，這場官司才算落幕。」這段鮰魚趣事，不是啬老親口述說，外間恐怕知道的還不多呢！

由此可見，鮰魚對饞人的誘惑是多麼大了。

對蝦

臺灣叫大蝦，華南叫明蝦，華北叫對蝦，這種蝦除了不近魚腥的人以外，大概沒有人不愛吃的。故都美食專家譚篆青說：「海味裡除了魚翅、鮑魚之外，最愛吃對蝦。中國從東北到閩粵，整條海岸都出產魚蝦海味，氣溫低水越涼，魚蝦鱗介的纖維組織就越細潤，鮮度也就越濃郁，所以天津、煙台一帶所產的對蝦，雖然也都鮮嫩適口，可是跟關外營口的對蝦一比，吃到嘴裡，味覺上就有所不同了。」篆青說這話的時候，我還不知營口的對蝦是什麼滋味，可是每年到了對蝦季兒，平津大小飯館所做的炸烹對蝦、紅燒蝦段、蝦片炒豌豆，甚至北平紅櫃子賣燻魚附帶賣的燻對蝦，都是佐餐下酒的無上美味。

有一年我從上海回北平，坐的是招商局北洋班的「新銘號」海輪，船到塘沽等候檢疫驗關進口，正趕上對蝦旺季。搬夫腳行們就在碼頭邊上，一隻紅泥小火爐，花椒鹽水煮對蝦，邊吃邊剝，香風四溢，其樂陶陶，令人垂涎。船上的茶房說，碼頭工人煮的對蝦，除了花椒鹽外什麼都沒有，可是吃起來別有風味。起初我不相信，後來他拿了兩隻讓我嘗嘗，微含鹹味，鮮中帶甜，的確所言不虛，慢慢剝殼下酒，平淡中另有淳樸的原味。後來不管在什麼地方吃怎樣做法的對蝦，都會想起塘沽白水煮對蝦的滋味。

煙台、威海衛也出對蝦，我覺得他們晒的大對蝦乾也是一絕。輪船經過煙台多半不靠岸，而在海中下錨，賣香蕉、蘋果、大頭魚、大對蝦乾的小販就紛紛從舢板揪住釣竿魚貫而上。在民國十五、六年，一百隻對蝦只賣一塊銀元，到了上海把對蝦乾用五花肉紅燜，吃過的人都認為是酒飯兩宜的美肴。雖然譚篆青告訴我，華北的大對蝦還趕不上東北營口的對蝦肥美，可是總有點兒不相信，縱然是心嚮往之，可惜當時沒有機會去一飽口福，克解饞吻。

有一年舍親范其光從海參威總領事調任中東鐵路局理事，在哈爾濱辦公，託舍間給他物色一名廚師，因為東北工錢高，比關裡掙得多，所以福興居的江師傅願去趟關外。他紅白案子都是高手，整桌酒席也應付得下來，於是介紹他去了。過了一年多，他託關外來人給我帶了一個封口的餅乾罐子，他帶話說：「裡頭裝的是營口蝦油。營口是關外出海鮮的地方，新鮮鮑魚又肥又嫩，大對蝦壯茁多膏，不但關內吃不到，而且價錢又特別便宜，經久不壞。」一起先我以為是關東滷蝦的蝦油，等把罐子打開一看，浮面上是一層晶瑩凝玉的油脂，底下殷紅柔曼，膏腴泛紫，全是剔淨蝦腦熬出來的紅油，表面看像辣椒油，拿來煮麵，鮮味撲鼻，那比上海大發餐館的蝦腦麵不知道要醇厚多少倍了。從吃過營口對蝦熬的蝦腦油才相信，當年譚篆青所說海味鮮腴北勝於南的理論不是誇張騙人的。

臺灣沿海多港灣，出產大蝦，尤其是東港大蝦馳名遠近，近些年來臺灣凡是喜慶宴會，成桌酒席，似乎主菜裡都少不了番茄明蝦或是紅燒蝦段一類菜肴，於是對蝦的身價越提越高，一大盤明蝦價錢比四五位烤涮兩吃價碼還要結棍。嚴格的說，臺灣的對蝦講個頭論賣相都很不錯，可是頭大腦小，尾長而虛，蝦肉老而且粗，鮮度更是淡而不足。依我個人來看，這種貨色要賣到幾百塊錢一斤是不值得的，甚至有些不太規矩的菜館，夥計一看客人是生臉色，要是再帶著如花似玉的美眷，不管冰箱裡對蝦新鮮不新鮮，乾脆狠這秧子（冤大頭）一傢伙吧，愣說對蝦不錯。您要同著生朋友或是新交的女伴，一個磨不開，點頭認敲，三兩人的小酌，吃完一算帳，真能敲您半桌酒席的價錢，這種堂倌可就太狠心啦。您要是遇上這種場合，挨敲事小，吃壞了肚子事大，咱們也就只好以牙還牙啦：冰箱宿貨，快要變味，不但變色，而且一糟就切不成片，您此時不吃炸烹，也不吃番茄紅燒，跟他點個清炒蝦片或是蝦片雞蛋炒飯，要是對蝦不新鮮，他就抓瞎沒咒兒念啦。常在外面跑的人，難免碰上這種尷尬場面，我雖然不願意整人，可是也不願意讓人整，用這種方法去應付不規矩的堂倌，準保是百試百靈呢！

白肉館——砂鍋居

北平有一家小飯館，開在西四牌樓缸瓦市大街東路，門面簡單狹窄，慕名前往的人，時常當面錯過。北平市內大小飯館、飯鋪林林總總，真是不計其數，可是專在豬身上動腦筋，除了「口子上大師傅」（北平有一種廚行，每天一清早就到清茶館喝茶等候主顧，專應紅白喜事。因為價錢便宜，所以專在豬身上找，有人叫他們豬八樣，又有人叫他們跑大棚的）以外，砂鍋居要算獨一份兒了。

據老一輩兒的人說，乾隆年間，有一位親王唯一嗜好就是喜歡吃豬肉，於是物色到一位名廚，叫他用各式各樣烹調方法，全離不開豬肉，讓這位王爺痛快淋漓的每天大嚼大啖。因此天天都要宰條肥豬來侍候王爺的膳食。王爺雖然愛吃豬肉，可是那位王爺食量比不上漢高祖的猛將樊噲，享用之餘，餘下的肉廚子開了後門給自己找外快，給豬肉找出路啦。他想出的方法很巧妙，串通府裡侍衛們，靠近府門侍衛執勤室開了兩扇後窗戶，窗外就是王府外牆，壓了幾間灰棚，算是開一個雨來散的小菜館。日子一長，誰都知道清茶館裡頭有肉吃，侍衛室不能大鍋大灶，都用砂鍋小灶來做，所以大家管它叫做砂鍋居，其實人家有正牌匾的。

去春在臺北某次宴會，莊嚴兄曾問在座各位，砂鍋居正式名字叫什麼，當時誰也說不上來。過了很久，有位朋友說，砂鍋居原名和順居，據說原來的匾還掛在正屋裡，是道光進士文華殿大學士倭艮峰（仁）寫的，不過大家都沒注意罷了！

砂鍋居雖然在北平小有名氣，是唯一專賣白肉的白肉館，可是筆者一直沒光顧過。一則是對全豬席覺得過分單調沒有興趣；二則是一走近砂鍋居，總覺得有股子油膻內臟氣味，所以始終沒有勇氣進去一嘗。有一年舍親李木公攜眷來北平觀光，久聞清朝同光時代，早朝散班，各位王公大臣都在砂鍋居聚會議事，一定要嘗嘗砂鍋居的白肉滋味如何。在被逼無奈情形之下，於是訂了一桌全豬席來舍間外燴，等菜往桌上一端，花色倒是不少，足有三四十樣，豬頭、豬腦、心、腸、肝、肺，沫沫丟丟，一碗接著一碗的往桌上端，甭說吃，看著聞著都覺得不舒服。真想不出當年軍機處袞袞諸公怎麼有那麼好的胃口，這一桌全豬席最後自然便宜傭人們啦。

北平有一位擅長寫鋪匾的名家馮公度（恕），他病故後，在西四牌樓羊肉胡同開弔，僧道、喇嘛、尼姑經懺都念全了。北新橋九頂娘娘廟的方丈心宸大和尚跟馮老是方外之交，馮老去世，大和尚自然送一棚經，還得親自轉個咒。九頂娘娘廟是子孫院，和尚不但不忌葷腥，而且可以公開娶妻生子。心宸大和尚魁武奇偉，實大聲洪，食量更是驚人，公事交代完畢，一定找我到砂鍋居吃白肉。喪宅跟砂鍋居近在咫尺，距離舍下更近，人家從北城到咱們西城來，既然指明要吃砂鍋居，咱也只好捨命陪君子，硬著頭皮前往。心宸大概跟櫃上極熟，堂倌們對大和尚更是特別巴結恭維，在心宸提調之下，只要了三四個菜，每個菜的色香味都跟前次所叫的全豬席完全不同，尤其白片肉五花三層，切得肉薄片大，肥的部分晶瑩透明，瘦的地方鬆軟欲糜，蘸著醬油、蒜泥一起吃槓子頭（北平一種極硬發麵餅），確實別有風味，是前所未嘗的。炸鹿尾本來是慶和堂的拿手菜，可是砂鍋居的炸鹿尾酥脆腴嫩，不膩而爽，也是下酒的雋品。飯後在鋪子前後一遛達，敢情砂鍋居的後牆跟莊王府的牆是一而二，二而一的。傳說中乾隆時代愛吃豬肉的王爺，那十之八九就是當年的莊親王啦。可惜中廳掛的一塊匾，煙熏火燎已經不辨字跡，如果真是倭文端寫的匾，那可失之交臂啦。

看到鮮花椒蕊，想起來了燒羊肉

來到臺灣將近三十年了，不但沒吃過鮮花椒，而且也沒看過花椒樹，跟人家一打聽，才知道胡椒、花椒臺灣都不出產。後來高雄農業改良場從國外引進幾株胡椒幼苗，經過幾年細心的培育，已經結實纍纍，雖然甘平青辛程度不足，可是總算我們自己已經能夠出產花椒了。

因為產量太少，您想吃點清新麻辣的鮮花椒蕊，還是辦不到。前兩天有位朋友從臺東、屏東交界的壽卡來，送了我幾枝鮮花椒蕊，據那位朋友說，他在大武山區經營一座小型農場，鑑於此地沒有花椒樹，前幾年去印尼之便，帶了少許花椒種子，經過六七年的努力，居然育成了十幾株，現在自己可以有鮮花椒蕊吃啦。

臺灣近年流行歌曲多如過江之鯽，要讓咱叫歌名，實在腦子裡記不了那麼多，其中有一句「看見沙漠就想起了水」，咱是「看見鮮花椒蕊就想起了燒羊肉」。北平吃東西都是按時令，不到時令，您就是花錢也沒處去買的。就拿燒羊肉來說吧，當初有叫貢王四的，那是以賣蜜供發家，在北平買賣地來說，也算是一號人物。可惜他生了一個不成材的寶貝兒子，整天熬鷹、弄犬、遛鳥、養魚，十足是個敗家精的坯子。有一年剛到元宵節，這位大爺忽然心血來潮，想吃燒羊肉。北平東四牌樓隆福寺街白魁，那是多年老字號，燒羊肉是出了名的。在白魁對門灶溫借隻碗，到白魁買點燒羊肉多帶點湯，讓灶溫摶一碗把兒條，用羊肉湯下麵，那是一絕。可是這位大爺對白魁的燒羊肉不欣賞，沒興趣，他住在粉子胡同，一定要吃西斜街後泥窪把口洪橋王的燒羊肉。洪橋王的燒羊肉在西城也是赫赫有名的一份羊肉床子，聽說他家燒羊肉的老湯，比白魁的老湯還要來得年高德劭。同時洪橋王後院有個地窖，人家每年一過燒羊肉的季兒，一年滾一年，保存的老湯就下窖啦。尤其洪橋王家有一棵多年的花椒樹，金風薦爽，玉露尚未生涼，燒羊肉一上市，恰好正是椒芽壯茁，嫩蕊欣欣的時候，凡是買燒羊肉帶湯的，他知道準是買回去下雜麵吃（**地道北平人有個習氣，燒羊肉湯買白魁的一定是下摶條麵，買洪橋王的一定是下雜麵，南方人說北平人吃東西都愛「擺譜兒」，就是指這些事情說的**）。

貢王四這位大爺所以指明要洪橋王不到時令，破格給他特製燒羊肉，就是大爺要吃燒羊肉湯下雜麵啦。您猜怎麼著？洪橋王愣是守著孔夫子的教訓「不時不食」的原則，任憑貢王四來人說出龍天表給多少錢也不能破例來做，貢王四拿他一點辦法也沒有，從此成了一句歇後語：「洪橋王的燒羊肉——不是時候。」

勝利第二年，筆者回到北平，正好趕上燒羊肉剛剛上市，多年沒吃過燒羊肉啦，少不得要光顧一下洪橋王，老滿巴（**掌櫃的姓滿**）雖然白眉皓髮，牙齒兀𪘏，可是神采雋朗，詞情豪邁，一見面立刻認出是老鄰居出外多年回來啦。大銅盤子仍舊是擦得晶光雪亮，羊腱子、羊蹄兒、羊臉子，紅暾暾、油汪汪、香噴噴、熱騰騰，堆得溜尖兒一大盤子，內櫃陳設布置仍然老樣，絲毫未改，僅僅後山牆多一幅五尺長吳子玉（**佩孚**）將軍寫的岳武穆《滿江紅》，中堂剛健昳麗，已經把洛陽過五十大慶，八方風雨會中州，強悍驕倨之氣消磨殆盡了。敢情吳玉帥抗戰時期雖然蟄居北平什錦花園，日本人威脅利誘，用盡了種種歹毒方法，人家吳大帥愣是辨析芒毫，不上圈套。因為愛吃洪橋王的燒羊肉，所以跟老滿巴交上朋友啦，每到燒羊肉一上市，滿巴總要親自去幾趟什錦花園給大帥送燒羊肉。這幅中堂就是吳玉帥興致來時，筆飽墨酣送給滿巴兒的得意之作。

勝利之後回到北平，總覺著有若干事物，照表面上看是面目依然，可是骨子裡好些東西都有一種說不出的滋味，似是而非啦。就拿吃食來說吧，點心鋪的細八件、小炸食、小花糕，甚至廟會的玉蜂麵糕，滋味好像都有點變啦，跟抗戰之前似乎不大對勁兒。只有少數幾樣還沒走樣，燒羊肉就是其中之一，僅僅吃了一次非常落胃的燒羊肉花椒蕊、羊肉湯下雜麵，因為羽書火急，又匆匆出關，連再吃一頓的口福都沒有了。

去年在香港聽樂宮樓老闆說，北平的白魁、洪橋王，甚至牛街、門框胡同、南小街子幾家有點名氣的羊肉床子的燒羊肉早已不做，就連整個羊肉床也都關門大吉。樂宮樓本來想秋天添賣燒羊肉，可是請不到師傅只好作罷。現在想吃燒羊肉不但在臺灣辦不到，就是在港九也戛戛乎其難了。

北平小吃——羊雙腸

不是土生土長的北平人，大概都沒吃過羊雙腸。外地人可能連這個名詞都沒聽說過。羊雙腸只有羊肉床子有得賣（北平管賣豬肉的鋪子叫豬肉槓，賣羊肉的鋪子叫羊肉床子），一年四季只有夏天賣，究竟什麼道理，曾經請教過回教長老，也沒說出所以然來。

這個別具風味的小吃羊雙腸，是用新鮮羊血跟羊腦羼和一塊，灌入羊腸子裡做成的。因為每個羊肉床子每天屠宰羊隻有限，物以稀為貴，所以每天做的羊雙腸，一做好就被人一搶而光。您打算吃羊雙腸，都得頭一兩天跟羊肉床子預訂，在阿衡一清早宰過羊後不久，雙腸灌好，您得趁早去買，才能吃得到嘴。雙腸買回家後，要先燒好開水，把雙腸放入滾水裡，用漏勺撈幾撈燙熟，撈的手法火候是很講究的，燙不熟固然不能吃，燙過頭不爽不嫩，那就風味盡失了。羊雙腸燙熟切成寸半段，用芝麻醬、白醬油、米醋、香菜拌著吃，吃到嘴裡更有一種清爽香嫩的滋味。

當年有一群愛好戲劇的朋友，陳錦、熊佛西、劉曼虎、馬一民在北平組織了一個葳娜社公演話劇，也就是舒舍予筆下所說的「畜牲劇團」。大家經過馬一民的提倡，馬家有個廚子叫梁順，曾經跟過熱河都統馬福祥，擅長做羊雙腸炸羊尾。炸羊尾實在太肥厚油膩，大家只有淺嘗輒止，可是劇團的人對羊雙腸可能發生了興趣，一個月馬一民總要請大家到他家吃一兩次羊雙腸。羊雙腸雖然不是什麼貴重物兒，可是馬一民一請客，總要讓梁廚子事先跟幾處羊肉床子預訂，大家屆時才能大啖一番。

有一次，青年會的總幹事周冠卿拉了齊如山一塊兒到馬家湊熱鬧，如老對於北平各種小吃一向有特別研究的，他吃完梁順做的羊雙腸，認為家廚名庖，潔美湛鮮，足臻上味，是所吃羊雙腸最夠味的一次了。

筆者對於羊雙腸，起初並沒有太大興趣，有一天在朋友家聊天吃晚飯，桌上有一碗羊雜湯，大家喝羊雜湯，可就談到羊雙腸。在座各位有人沒吃過，甚至於更有人沒有看見過，座中有一位客人跟齊如老有世誼，說是如老曾經吃過梁順做的羊雙腸，可算此中獨一份兒了。同席舊同寅吳子光兄是位美食名家，住在安定門分司廳胡同，他說梁順的羊雙腸，他也吃過，好雖好，還不能算獨一份兒。他的房東崔老太太做的羊雙腸，才是一絕呢！於是約好一天大家到吳府吃羊雙腸。果然這份羊雙腸端上桌來，的確與眾不同。

一般做法是把買來灌好的雙腸洗淨，用漏勺在滾水裡撈熟加佐料涼拌。這次吃的是用高湯汆的而不是涼拌，吃到嘴裡嫩而且脆，石髓玉乳，風味無倫。據崔老太太講：她的雙腸是買回羊腸、腦、血，自己灌的，血多則老，腦多則糜，血三腦七，比例不爽，吃起來才能鬆脆適度，入口怡然。涼拌缺點是外鹹內淡，只能佐酒，她用口蘑吊湯，加上蝦米提味，把每節腸衣上多刺幾個小洞，下水一汆，不但熟得快，而且能夠入味保持鮮嫩脆爽。

崔老太太不但氣韻沖和、體貌涵秀，而且談吐也頗得體。散席後，筆者偷偷向子光兄打聽，他笑著說，諒你猜不出，崔老太太就是崔承熾夫人，筆者才恍然大悟：敢情這位雙鬢如霜、慈眉善目的老太太，就是名噪一時美豔親王劉喜奎呀！這一餐的羊雙腸，如果讓龍陽才子易實甫前輩來吃，不知要寫出多少奇文妙句呢。薄醉歸途，想起當年她在廣德樓唱《喜榮歸》、《羅章跪樓》一類梆子腔，嬌嗔笑謔的情景，立刻讓人興起美人不許見白頭的感慨。民國三十六、七年在臺北，時常在永樂戲園聽顧正秋，不時跟齊如老碰面，提起美豔親王劉喜奎做的那份羊雙腸，頗以未能一嘗為憾。

北平的紅櫃子、燻魚兒、炸麵筋

提起燻魚兒、炸麵筋，可以說是北平獨有的小吃。賣這種小吃的，都是每天下午兩三點鐘才背著一隻漆得朱紅蹭亮的小櫃子，沿街叫賣。雖然吆喝燻魚兒、炸麵筋，其實四月底五月初北方黃魚上市，他們才燻幾條黃魚用竹籤子串起來，一對一對的賣來應應景兒，至於炸麵筋除了老主顧前一兩天預訂外，平日要買炸麵筋，十趟總有九趟回您賣完啦。到了後來，有些紅櫃子根本就不常炸麵筋。說實在這種麵筋，燻得雖好，口味嫌淡，把這種麵筋在用毛豆燒茄子的時候加上幾條，那才夠味兒呢。因為他們背的是紅櫃子，所以老北平管這行買賣叫紅櫃子。他們所賣的吃食除了燻魚、麵筋、雞蛋、片火燒之外，其餘吃食五花八門，種類繁多，可全是豬身上的。

他們每天下街，以豬肝銷路最好，做出來的豬肝滷後加燻，味道雖淡，可是腴潤而鮮，細細咀嚼後味還帶點甜絲絲的。他用閃爍的大片刀，把豬肝切得飛薄勝紙，拿來下酒，雖算不上什麼珍品上味，可是微得甘香，腴而能爽。

當年北平家常住戶兒，誰家都少不得養一兩條叭兒狗，或長長毛狸花子，這類貓狗都愛吃紅櫃子賣的豬肝切成碎末拌的飯。有些人家甚至於跟賣燻魚的講定規，每天固定送多少錢的豬肝來供養自己的愛物，而且是風雨無阻一天不斷呢。

豬頭肉是他們賣的主要肉類，配合著他們賣的發麵片兒火燒，在酒剛足興，來兩個片兒火燒夾豬頭肉，酣暢怡曼，既醉且飽，也不輸於元修玉食呢。

他們燻小肚做法滋味也跟盒子鋪賣的不同，因為賣燻魚的雖然是個人小本經營，可是從古到今都是同一鍋伙（北平又名作坊）大批燻滷出來的。談到做燻臘吃食，長江、珠江流域多半是用紅糖或茶葉來燻，只有黃河流域才是用鋸末子燻（早年沒有洋鋸、電鋸，北平各大木廠子都雇用幾名「拉大鋸的」，把原木或木枋支起一半，木材上方站一位，木材下方站一位，您拉我推，一會兒工夫地下就是大堆鋸末子）。據說用什麼樹的鋸末子來燻魚，還有講究呢！最好是榆樹，再不就是杉木；柳樹有青氣味，白楊後味帶苦，鍋伙裡燻肉都摒而不用的。

北平人喝晚酒，也就是現在所謂宵夜，冬天講究買羊頭肉、蹄筋、羊眼睛下酒，粗放一點的朋友愛吃驢肉或錢兒肉。到了夏天喝晚酒的朋友就都喜愛買點紅櫃子上的豬耳朵來下酒。他們燻的豬耳朵骨脆而皮爛，鹹淡適中，最宜於低斟淺酌。當年有位記者張醉丐，就是每晚四兩白乾、兩毛錢燻豬耳朵，邊吃邊喝寫稿子的。

北平的土話管雞蛋叫雞子兒，一般賣熟菜的，不是鹽水煮的就是滷水裡滷的，要吃燻雞子兒，只有紅櫃子賣的雞子兒，才算是真正獨一份的燻雞子兒呢。

北平人講究吃大油雞子兒，偏偏他們的燻雞子兒，小而又小，簡直跟鴿子蛋大小相差不多。您要是問他們為什麼專挑這麼小的雞子兒來燻，他們還有說詞，他們認為燻雞子兒是先煮後燻，雞子兒個兒一大，燻不透，夾火燒就不好吃啦。他們說的話也許有點道理。當時摩登詩人林庚白在北平的時候，每月總要有一、兩次到周作人的苦茶庵去談詩論文，每次必定要帶點燻雞子兒、片火燒，另外在東安市場買一紮保定府特產「燻雞腸」去。苦茶庵有的是各種茗茶，釅釅的沏上一壺，火燒夾燻雞子兒另加雞腸一根，清醇細潤，香不膩口，配上柔馨芬郁的苦茗，兩人都認為這樣啜苦咽甘，比吃上一桌山珍海錯還來得落胃。

當年北平瑪噶喇廟裡就有一處賣燻魚炸麵筋的鍋伙，崑曲名家俞振飛從上海到北平，加入程御霜的秋聲社擔任當家小生的時候，就住在瑪噶喇廟，跟一群賣燻魚的鍋伙結為芳鄰。俞小生偶然發現鍋伙裡燻雞子兒，燻的味道特別，向所未嘗，許為異味。有一天程硯秋到俞的住處走訪，程的酒量是梨園行久著盛譽的，兩人對酌，有酒無肴豈不大殺風景。俞五兒靈機一動，臨時到鍋伙切了幾樣熟食來下酒，碰巧正趕上對兒蝦上市（**明蝦，北平叫對兒蝦**），賣燻魚的在對兒蝦大市的時候，偶或也燻幾對大蝦來賣，多半是熟主顧預訂，不是熟人很難有現貨供應的。程硯秋一嘗之下，認為燻對蝦下酒，比兩益軒的烹蝦段還要來得清美湛香。從此紅櫃子上的燻對蝦，還走紅了一陣子呢！

賣燻魚兒的還外帶賣苦腸，有些養貓狗的人家，如果自己的愛物餵慣了苦腸，假如趕上連日狂風暴雨，賣燻魚兒的沒下街，小貓小狗又挑嘴，沒有苦腸不吃飯，那就有勞它們的主人移樽就教，到鍋伙裡去買苦腸啦。當年名淨金少山一隻猴、一條哈巴狗，都是吃慣苦腸的，不得已只好冒著風雨，移樽就教了。所以北平賣燻魚兒的鍋伙，金霸王都摸得一清二楚的。

賣燻魚兒的這一行，究竟供的是哪位祖師爺，咱們雖然不知道，可是論行規，講義氣，確實可風末世。第一，一個鍋伙有多少紅櫃子是有固定名額的，若參加一定要填空補實，下街串胡同每人都有自己的轄區，不作興亂竄亂闖的。第二，賣燻魚兒櫃子裡，凡是豬內臟，可以說應有盡有，唯獨不賣腰子，據說是祖師爺留下來的規矩，究竟是什麼始末根由，就問不出所以然了。北平舊世家中，有一家叫鐘楊家的，據說清朝內廷所用的鐘錶，都由他來供應。抗戰前他家有位公子喜歡抽籤，只要賣燻魚的胡同裡一吆喝，他必定把賣燻魚的叫到大門裡、二門外，抽兩筒真假五兒、大小點什麼的。有一天他心血來潮，想讓賣燻魚的給燻兩對豬腰子嘗嘗，雖然是極熟的老主顧，可是人家格於行規，楊大爺許下另外送他一隻悶殼金錶，人家也沒答應，足證人家行規有多麼嚴格啦。第三，賣燻魚兒切肉用的刀，前圓後方，薄而且大，鋼口特強，雖然是鐵器鋪訂製，可是鋼刀開口之後，刀口用鈍了，必須自己珠切象磋一般細心的琢磨，如果交給磨剪子磨刀的一磨，那就犯了嚴重行規，視為大忌。第四，每個鍋伙出來的紅櫃子，下街吆喝，一個鍋伙一個味，他們自己一聽，就知道是哪個鍋伙的人，不會混淆的。北平有位說戲迷傳的華子元，有時也來兩段單口相聲，他能把賣燻魚兒吆喝聲音，分出十多種長短低昂的聲調來，這段玩藝在臺灣可能已經失傳啦。

總而言之，紅櫃子賣燻魚炸麵筋的，雖然談不上什麼調和鼎鼐割烹之道，可是三五友好湊在一塊兒，提起燻魚兒炸麵筋，多少還帶點渺渺鄉愁呢！

吃棗子、做棗糕

當年在大陸，無論是南方或北方，乾果子裡的紅棗，一年四季到處都有得賣，而且非常便宜，算不上什麼稀物兒。拿華北來說吧，高粱一紅頭，豆莢一泛黃，各式各樣的棗子就陸續上市啦。山東樂陵的沒核的小棗是全國馳名，那就甭說啦。北平近郊郎家園的棗兒，講品種就有二十幾種之多，老虎眼、大紅袍、嘎嘎棗、葫蘆棗、一捻紅、半面嬌、胖墩、胭脂等，一時也說不清。像老虎眼大而且圓，大紅袍呈橢圓形甜而且脆，嘎嘎棗兩頭尖肚子大，葫蘆棗活像一隻葫蘆，一捻紅嬌小紅豔，半面嬌半紅半青引人注目，胖墩圓而厚實、核小肉多，至於胭脂自然是顏色特別紅得可愛了。華北冀、晉、魯、豫幾省都是棗子出產地，把吃不了的棗子晒成乾果子，運銷華中、華南，甚至於出口到東南亞各國，每年都要賺取不少外匯。

棗子樹是不怕水的果木樹，俗語說旱瓜澇棗，哪年雨水多，棗子就越豐收。以園繞北平的各縣來說，山坡河邊到處都種有棗樹，棗花的香味固然馥郁醉人，等枝頭棗子漸漸由青而轉為淺綠翠白，最後琥珀流光，爛漫炫目，芳蕤馝馞，順風而宜，就更可愛啦。北平的大宅小戶或在門前或在後院，幾乎家家都有幾株棗樹，點綴在家庭的院落裡，如果是臨街樹上棗子成熟，過往行人只要是跟主人家道聲「勞駕」，溜幾隻樹掛的棗兒吃（**北平人從樹上打棗兒又叫溜**），是常有的事。因為棗子產量多，價錢又便宜，所以在大陸用棗泥做餡兒的吃食種類很多，不但貨真價實，而且說棗泥就是紅棗泥，絕無黑棗紅糖亂摻亂攪。棗糕最粗的是不去核不退皮，用砂鍋扣出來的黃米麵的棗糕香甜解餓，是最為大眾化的食品。到了長江一帶做的棗糕就細緻了，棗泥跟糯米粉揉勻了擀成薄皮，中間包上桂花糖，或者是芝麻、山楂、核桃、松子餡，填在各種式樣上的木頭模子裡，印好花紋，然後搕出來上鍋蒸熟，一塊糕用一塊粽葉托著拿來奉客，晶瑩凝玉，入口甘沁，是春節待客的雋品。

當年在大陸，舍間每到農曆新年，總要蒸一兩屜棗糕，雖然棗子便宜好吃，可是做起來費工費事。還珠樓主李壽民兄說：「這是唐府拿手好戲，一年只一演，機會難得，不可錯過。」這種棗糕，第一要棗子選得好，皮粗肉淡、虛泡囊腫、中看不中吃的侉棗不入選，要挑皮緊肉厚核小的紅棗，加涼水下鍋煮到七成熟，取出趁熱剝皮去核，再上鍋蒸軟，把棗肉研爛成泥，雞蛋二十枚，去殼倒入大大海碗，順一個方向打勻（現在可用打蛋器打），陸續放入白糖二十兩，如不喜歡太甜，糖的數量可減少。等糖蛋攪勻，將乾糯米粉二十兩，隨打隨慢慢摻入，等三者混合，再將棗泥陸續攪入，此時愈攪愈吃力（可是打的時候越久，蒸出來的棗糕才鬆軟適口）。棗糕米漿打勻後，用白鐵皮做的圓盒或鋁製器皿塗遍花生油或沙拉油，鋪上一層豆腐衣，將棗糕濃漿倒入鋁鐵器皿裡八分滿，上面放幾粒胡桃仁，用籠屜大火蒸兩小時就大功告成。另外要注意籠屜要嚴，時間不到，切忌掀開籠屜看。棗糕蒸好，可切成小片饗客，涼後再蒸，或者用小火輕油煎熱吃，都滑潤香柔、甜醹九投，允稱細點中雋品。

這種棗糕，是哪一省做法，筆者當年也說不上來，我家做法是從外祖母家傳來的。以前在臺灣各處還可以買得到紅棗，所以舍間逢到歲除，總要蒸一塊棗糕來祭祖上供，後來原料來源不繼，只好從闕。近兩年來，每逢舊年，物資局都要從南韓進口一些紅棗，價錢也不算貴，今年更是大量供應民眾，所以舍間近年來也就重複舊儀，蒸塊棗糕上供。喜歡吃棗泥甜品的人，不妨自己試做點嘗嘗。在臺灣會做這種棗糕的人家並不太多，除了舍親黃季陸姻丈府上外，聽說賈沁老（景德）生前，賈府也會蒸這樣棗糕，並且說這種做法是他老人家的家鄉風味。我想賈老這樣說，一定源出有自的，可惜龍光早奄，請益無從了。獻歲肇始，大地回春，喜歡吃的朋友，春假裡做塊棗糕來嘗嘗，我想大家吃膩了奶油蛋糕，來塊純中國味的棗糕吃，準保別有一番新的滋味呢。

圍爐吃火鍋

梁實秋教授在看了拙作《中國吃》之後，寫了一篇洋洋灑灑的文章，他說：「中國人饞，也許北平人比較起來最饞。」在下忝為中國人，又是北平土生土長的，可以夠得上饞中之饞了。

想當年在大陸的時候，一進十月門，大家小戶就都生火取暖了，只要西北風一颳，天是灰暗暗陰沉沉的，想到「晚來天欲雪，能飲一杯無」兩句詩，就想約個三朋四友，找到小館，煽個鍋子，大家一圍，吃吃喝喝來消寒暖冬。

提起火鍋，各有各的吃法，種類可多啦。以四川來說，令人回味無窮的是毛肚火鍋，四川人叫毛肚開堂，所謂毛肚卻包括了牛身上各種可吃的東西，例如肝、肚、腦、腎、脊髓、牛肉，不過是以牛百葉為主罷了。吃毛肚選料要精，刀工要細，吃到嘴裡軟硬程度要恰到好處，講究脆而不韌，連吃幾箸毛肚，不會讓腮幫子發酸。吃火鍋大家都愛喝鍋子湯，可是毛肚火鍋裡除了辣椒之外，花椒多、老薑多，既麻且辣，除非從小習慣於重辣，否則毛肚火鍋裡的湯是真夠勁兒的。能夠大碗喝毛肚鍋子湯，既麻且辣，又燙又鮮，那您吃麻辣的道行，可就夠瞧的了。

珠江流域的廣州，冬天雖然不算冷，可是到了冬令也時興打邊爐吃火鍋。廣東的飲食是比較精細的，所以打邊的材料，以海鮮為主，除了魚片、蝦仁、魷魚、鮮蠔、腰片、雞片、肚片之外，肉片所佔比例極少，而且限於豬肉。所以廣州的邊爐，可以說是滑香細潤，清淡味永。不過有些喜歡甘肥厚重的人，吃起廣東邊爐就覺得不能十分解饞了。廣東的吃家說，打邊爐紹興、白乾都不對勁，最好喝羊城的雙蒸，這是知音之言，大家不妨試試。

沙茶火鍋是廣東潮汕一帶人冬日圍爐的雋品，沙茶屬於潮汕的特產品，每家都有自己特製的獨家秘方，味道也就各有所長，拿來做涮鍋子的調味料，確實別具風味。筆者去年在曼谷千秋架（**地名**）一家真正潮州飯館，吃過一次正宗沙茶火鍋，沙茶是店裡自製，腴潤味正，跟市面上所賣的罐製沙茶醬迥然不同。豬肚肉片並不是切得其薄如紙，都是厚厚實實的，起初以為這麼厚的肚子和肉片，一定嚼不動，就是能嚼，一定要多費咀嚼之力。哪知涮好了一吃，前者脆，後者爽，廚師的刀工火候似乎別有一格，跟北方吃火鍋，完全兩工。最妙的是火鍋膛深湯滾，涮料一下鍋，豈不是魚入大海，沒法網獲了嗎？無怪乎前人曾經說過，吃在嶺南。人家吃火鍋有特製鋼絲編織的小漏勺一柄，各自據勺而涮，既不怕涮得魚肉流失，而且免得東撈西夾，既不衛生又欠雅觀。其實凡是涮著吃的火鍋，每人跟前放一把小漏勺使用，豈不甚妙，可惜咱們從前怎麼就沒想到呢。

安徽在全國各行省裡，雖然不是特別講究美食的省份，可是在乾隆、嘉慶年代徽州飯館，玉糝羹、金整膾是赫赫有名的。徽館到了隆冬臘月，也講究吃邊爐。民國二十年，筆者在武漢工作，有幾位同學也都在武漢金融界工作，彼此都未攜眷，每天散值，晚飯大家總是湊在一塊兒打游擊下小館，最高紀錄曾經有過兩個半月，沒進同一飯館吃晚飯。

有一個冬晚，大家從漢口中山路信步而前，不知不覺走到橋口，忽然發現了一家有樓而古色古香的飯館，樓上雅座居然是紅木桌椅，有匟床有匟桌，最妙的是匟床上還有一對瓷帽筒。照這個排場來看，這個飯館最少有幾十年歷史啦。堂倌是個五十多歲的老夥計，我們要了一個六人份邊爐，他介紹我們來個全份鴨餛飩，先上酒菜喝酒打邊。徽館鴨餛飩比溫州餛飩還要大，全份是六個酒菜，既充實又地道，足夠十個人的酒菜了。他家邊爐是用一種綠釉燒炭的瓦爐，銅底錫裡扁而淺的鍋子，湯清味永，各種鍋子料，一汆就熟，每人三五箸子，差不多已經一掃而光，此刻的湯仍舊是爽而不濡，下個十來隻鴨餛飩醒醒酒，適口充腸，非常落胃。後來去的次數一多，沒事跟堂倌一話家常，才知道這家飯館在晚清也是享過大名，當年張香濤（之洞）、梁星海（鼎芬）一班清流派的大官，如果在漢口舉行文酒之會，多半是到他們這家百年徽館「醉白樓」來詩酒流連，暢敘一番。那就無怪這家徽館，招呼客人，上菜燙酒，都能中規中矩，一切井井有條呢。

東北各省屬於寒帶地區，冬天特別冷不說，而且時間也分外的長，到了冬天，來個火鍋，饑、寒兩樣都可以解決啦。東北的火鍋以酸菜為主，東北冬早，不到立冬，就見冰碴兒，把經霜的大白菜，開水一漬，拿大石墩子壓上三五天，就成了酸菜啦。雖然人人會做，可是手法各有巧妙不同，高手漬出來的酸菜，晶瑩凝玉，微酸而鮮，入口怡然。熬湯講究用野鴨、冰蟹、蝲蝗、瑤柱，湯鮮味厚，爽而不膩。鍋子料主要是酸菜、白肉、血腸、山雞、粉絲、黃花、木耳，能再放點白魚片、大蛤蜊，那就更為滑香腴潤啦。酸菜火鍋除了鮮而不膩之外，因為酸菜既開胃，又能助消化，所以吃完酸菜火鍋沒有膨悶飽脹的感覺。前些年臺灣沒有經霜的大白菜，漬出來的酸菜，鮮度固然有差，同時後味總有點苦澀。近來市面上有金門跟梨山大白菜上市，都是經過霜的，漬出來的酸菜跟大陸大白菜其色澄明，其味芳甜絲毫不差。此時此地雖然吃不到松花江的大白魚，可是白令海的鱈魚近年已經到處有售，用鱈魚代替白魚，更是覺得甘肥適口。臺灣東北朋友不少，大家不妨試試，就知道在下說的不假啦。

平津一帶到了交秋，一換上襯絨袍，正是東籬菊綻，鵝黃襯紫，吃菊花鍋子的時候了。北平的菊花鍋子，以當年廊房頭條第一樓的玉樓春最拿手。玉樓春雖然是河南館子，除了糖醋瓦塊是他們門面菜之外，到了重陽九九登高，喜歡湊熱鬧的朋友總要到玉樓春來個菊花鍋子薦薦新。菊花鍋子似乎跟一般鍋子吃法有點不一樣，其他鍋子是一邊吃，一邊往裡續肉料，以吃飽為度。菊花鍋子的鍋料不外是雞片、肉片、山雞、胗肝、腰片、魚片、蝦仁、炸粉絲，最後澆上一盤白菊花瓣，講究清逸浥郁，菊香繞舌，等於是個湯菜。玉樓春的菊花鍋子，是菊花跟別家不同，他們掌櫃的姓甚名誰不知道，談吐斯文，當年可能是位讀書人，能寫能畫，自署「逸菊使」，跟陶淵明癖好相同，是位養菊名家。據他說只有白菊花才能入饌，白菊中有一種叫餐英菊，做菊花鍋子最好，不但清馨芬郁，而且不苦不澀，燙熟之後，絕無熟湯子味。所以他家的菊花鍋子，能夠獨步當時。這種餐英菊一年也不過培養十盆八盆，不是真正吃客，他還捨不得用來待客呢。

什錦火鍋，名為火鍋，實際就是大雜燴暖鍋，冬天吃成桌酒桌，最後來個什錦火鍋壓桌，其中有蛋餃、魚丸、海參、雞塊、白菜、粉條，酒量大、食量宏的朋友，最後來個熱氣騰騰、宜酒宜飯的什錦鍋，的確非常實惠，滋味如何不談，您最後總能鬧個酒足飯飽。

最後談到平津冬天最流行的涮鍋子全是羊肉片（**牛肉只有烤著吃，沒有涮著吃的**），講究切得越薄越好，所有大飯館切肉師傅都是重金禮聘的切肉高手，一冬所得，要夠一年的嚼穀（**生活費用**），而且要頭一年預約，否則真正的老手早就有人請去啦。您臨時能夠請到的，全是些二把刀，羊肉片切得厚，一冬下來，櫃上的損失可就大啦。

在民國十六、七年，一盤肉說是四兩，其實能有三兩出頭就算不錯。一位高手把凍肉切得飛薄而且打捲，看起來滿盤，其實數量不多，十二兩肉能充一斤賣。一冬下來，像東來順、西來順到冬天以賣烋烤涮為主的飯館，要是一等一的高手能給櫃上省多少錢呀。涮鍋子牛、羊兩下鍋，是到七七事變才時興的，有人一提倡，立刻就行開啦。

北平的火鍋一端上桌，可真是君子之交，白水滾滾，後來怕外行客人挑眼，弄一小盤乾蝦米、冬菜、薑末花往鍋子裡一倒，算是熬湯，其實放不放都不發生什麼作用。一般吃客，吃涮鍋子的大概多少總要先喝兩盅。談起吃涮鍋喝酒，必定是高粱二鍋頭，要不然來瓶五加皮，至不濟也得來上四兩玫瑰露。十撥客人難得有一撥是要紹興酒，如果吃涮鍋喝紹興，八成是外地來的客人。既然喝酒就得先叫幾個酒菜，老北平一定要來一個口蘑滷雞凍，您就是不要，夥計也會提醒您點，因為滷雞凍下酒固然好，吃不完的雞凍往鍋子裡一倒，清水可就變成雞湯，那比跟夥計商量來份鍋子底，可又衛生、冠冕多啦。當年在大陸吃烤的、吃涮的，肉片的名堂可算五花八門，什麼腰窩、上腦、三叉兒、黃瓜條兒、大肥片兒，您要什麼有什麼。

去年從香港來了一位朋友，在下請他吃涮鍋子，他跟夥計說來幾盤上腦跟黃瓜。可憐此地的羊，都是小山羊，根本沒有大尾巴肉羊，吃涮鍋子，端上來的肉簡直分不出是哪一塊的肉。夥計能端幾盤肥瘦分明的羊肉，就算挺夠意思啦，哪還談得上什麼上腦、黃瓜條兒呢。又到冬天，節交霜降，在大陸此刻正是吃炰烤涮的季節了，可是臺灣的平津飯館都不大願意賣涮鍋子。據說主要原因是羊肉太差，恐怕耽誤主顧，另外是賣涮鍋子特別忙碌，可是又不下錢，所以能免就免，還是煎炒烹炸，多賣點時鮮小菜來得划算。

寒風冷雨開鍋香

在臺灣吃狗肉是犯禁的，可是自西徂東，從南至北，到了冬令進補的時候，大小城市鄉鎮，都可以吃得到狗肉。不過賣狗肉誰也不挑明，多半在門口掛著一盞紙燈籠，貼上「香肉」兩個大紅字，那就是狗肉開堂啦。中國有句俏皮話，是「掛羊頭賣狗肉」，大概早在若干年之前，屠狗生涯就懸為禁例了。

春秋時代，越王勾踐矢志復國，生聚教訓，希望增多兵源，鼓勵國人多生壯丁，凡是生男子者賜予一酒一犬，生女子者賜予一酒一豚，足證當時狗肉的身價比豬肉還高。《史記・刺客傳》：「荊軻既至燕，愛燕之狗屠，及善擊筑者高漸離。」既然有以屠狗為業者，史可以證明春秋時代不但不禁止吃狗肉，而且還很普遍呢。

在大陸各省，廣東烹製狗肉是全國有名的，此外福建、廣西、江西部分地區也把狗肉視為冬補珍品。據一些屠狗高手說：「狗的顏色不一，肉的肥美良窳也就差別很大。狗肉講究一黑（黑狗最補）、二黃、三花、四白（白狗營養價值最差），講究吃狗肉的人都是先選定狗種，自幼飼養，對於飼料的調配，冷熱鹹淡都照拂得無微不至。隨時還要捂摸狗的頸下脆骨勘定狗的肥瘦：如果太瘦，燉出來的肉味薄無膘；如果太肥，吃不了兩塊覺得腴而膩人，無法大啖了。」

所以吃狗肉必須選擇自家飼養的黑狗，腰頭要肥瘦適中，狗齡要兩至三月，體重在十斤左右，才膺上選。至於歐西各種名狗如拳師狗、牧羊狼狗、虎頭、大丹，尤其是獵犬，都是些中看不中吃的，肉是又粗又柴，皮是韌中帶臊。據說一般偷狗賊，除非萬不得已，對於洋狗都是不屑一顧的。同樣是犯法，賣香肉的對於外國狗又興趣缺缺，因此值個十萬八萬的西洋名犬到了屠狗市場，身價一落千丈，反而沒有土狗值錢，就是這個道理。

屠狗也是專門手法的，首先要割斷其喉管，立刻放血，然後浸入滾水裡燙。手法好的，把狗燙到恰到好處，用手一摸，狗毛就連根應手而脫，比殺豬拔毛來得乾淨俐落，而且省事徹底。若是燙得不到家，那就得一根一根的拔吧。

狗肉的吃法很多，但以燉著吃的居多。本省做法講究多放蒜瓣和大量紅標米酒以除腥氣；粵閩的做法以放老薑、蔥白為主，除了調味料之外，同時也少不了放些白乾酒。燉狗肉一定要切大塊而且帶皮，才能紅暾暾、油汪汪、香噴噴的好吃。愛吃狗肉的老饕們說：「吃狗肉要口不發言、食不停箸、不飯不粥，一味到底，才算達到吃狗肉的最高意境。」這些深得個中三昧之言，不是局外人所能領會的。

福建閩西的永定，也是最講究吃狗肉的縣分。當地有當棉被吃狗肉的說法，這句話可分兩種解說：其一是窮到當棉被，也要換錢來吃狗肉；另外一種說法，是吃了狗肉渾身發暖，夜晚睡覺連棉被都不需要蓋了。

近年來有醫學界的朋友，把狗肉加以分析化驗，所得結果，不但荷爾蒙成分不多，就是熱量在肉類中也不是頂高的，多吃狗肉並沒有什麼高度的補益。雖然言者諄諄，可是聽者藐藐，你說你的，愛吃狗肉的依舊照吃不誤。大概狗肉的誘惑力太大，藉著進補為名，多吃幾頓解解饞而已。

當年陸榮廷雄踞百粵的時候，狗肉朋友甚多，聽說他異想天開曾經做過整桌狗肉全席請客，煎炒烹炸，溜扒燴燉，從頭到尾全以狗肉為主。狂啖之餘，吃者大悅，所聞如此，是否真有其事就不得而知了。不過以陸之任性好奇，傳說可能不假。

故園情(下)

最近日本有些影劇界朋友忽然食指大動，似乎有點炫豪誇富的意味。在香港國賓大酒店訂了兩萬美金一桌所謂的滿漢全席，大啖一番，不但轟動港九，就是東南亞各國也都認為是一豪舉。如果知道還有狗肉全席，我想他們一定也要一嘗異味，所可惜者，香港當局嚴禁屠狗，如被查拿嚴懲不貸。我想香港一般大酒家，誰也不敢以身試法挺身而製，只好讓我們那班日本朋友，垂涎三尺，瞪眼著急了。

從喝礦泉水想起了「天下第一泉」

近幾年來，不知道歐美哪位營養專家，忽然發現喝礦泉水對身體最有益處，這一提倡，不論男女老幼大家都喝起礦泉水來。最近美國有一位對地下水研究頗具權威的教授說：「臺灣的地下水蘊藏量異常豐富，而且含有碘、磷、鐵、鈣、無機鹽等成分，這些成分對於心臟病、腸胃病、小兒痲痹、血壓不正常、膽固醇過高、血液循環系統欠佳、甲狀腺一類疾病，不但有治療的功能，而且有預防的效果。在美容方面，更有滋潤肌膚、防止面皰、幫助發育的營養元素。」所以第一步先派了兩位得意高足到臺灣來探勘、採樣、分析、化驗，如果初步測定符合理想，他就要親自來臺，復勘重驗，加以確定擴大利用了。

筆者記得世界十大名醫密勒博士民國十六、七年第一次到北平協和醫院講學的時候，也講到飲用水的問題，他說：「水是每個人身體內不可缺少的重要物質，三天不進食，還沒有生命之虞，可是三天沒水喝，人就活不成了，由此可知，水對我們生命是多麼重要。有些一知半解、自命講求衛生的人，經常喜歡喝蒸餾水，其實蒸餾水才是最沒有營養的水，我們日常飲用的水，必須含有適量的礦物質，方能促進人體新陳代謝的功能，才是合於標準的飲用水。

有些人，尤其小孩喜歡拿汽水、可樂當日常飲料，因為汽水、可樂糖分多熱量就高，對肥胖的人來說，熱量過剩自然對身體是不利的，尤其患有糖尿病的人，更容易引起病情惡化。又有人說啤酒是最好的飲料，啤酒最大的好處是利尿，可是喝得太多，攝取過多的熱量，還是有損腎臟機能的，尤其越喝肚皮越膨脹，也是一樁累贅。所以嚴格的講，每天能夠把含有適量礦物質的礦泉水當飲料，那才是對人類真的有助益呢！」他在北平協和醫院講學期間，頗能身體力行，有機會就到西郊玉泉山弄些泉水來當日常飲料。

中國歷代帝王，清朝乾隆皇帝是頗知考究飲用水的。他每到一處，只要當地有泉水，他總要設法教人汲取品嘗一番，凡是他認為水質清冽合於他審定標準的，總要賜以嘉名，或是評定等次賜名第幾泉。當年北平近郊雖然有圓明園、靜宜園、頤和園三大名園，翠微、香山、妙峰三大名山，名山勝景像一道屏風把北平疊嶂環抱起來，蔚為一個雄奇矞麗、窮巧極工、偉大的觀光區域。所可惜者，就是水源太少，不但西郊一帶宮殿園囿翠竹蒼藤全賴玉泉山的泉水瀠洄沾潤，就是三海的湖水，御苑石泓琪草也多虧玉泉涓涓潺潺，廻清流注，才能欣欣向榮呢。

玉泉山山勢雖然嶙峋崔巍，可是佔地並不寬廣，泉水是從亂石崢嶸石隙裡散珠噴雪般直沖而出的。玉龍走潭，匯成水泊，風泉泠泠，明淨見底，泉水因而壓擠力大，撐空湧地，星簇珠聚，雄奇突兀。這座小湖，地勢高聳，觸石吐雲，振岩而下，拖練奔泉，由湖畔匯成一條三丈寬的小溪，因為是玉泉下注，大家都叫它玉河。您別看這涓涓之流，向東一直流入北通州的運河，當年中國南北水路交通運輸，江浙各省糧米雜貨北運，就全仗這條水道補助陸運之不足呢。

乾隆皇帝品評各處名泉結果，欽定玉泉山的泉水為「天下第一泉」，還寫了一篇〈玉泉山記〉，說這泉水，質輕、水甘、滿杯不溢，喝了可以益氣輕身，滋補養顏，尤其南北物資能暢其流，厥功甚偉，所以堪稱天下第一。特地在山麓龍王廟前御筆勒石以志其盛。據說從明朝起，明清兩代皇宮裡喝的水，都是用船從玉河運進宮去的，到了同光時代，才改用插著黃旗的馬車運水。玉泉山從遼、金、元、明一直到清朝，歷代帝王都把玉泉山列為夏天行宮，高寒湧翠，水木清華，的確是避暑的好去處。尤其是各處風景都能存真葆樸，高古典逸，筆者認為這是北平行宮御苑中最沒有富貴氣的園林。

當年地質學家丁文江說過：「玉泉山的泉水是世界有名礦泉之一，玉泉山的風景也是不尚雕飾、駸駸入古的畫境。要是到北平，不去逛逛玉泉山喝幾口礦泉水，那真是既無眼福又無口福的蠢人了。」丁先生這句話，我當時極具同感，所以深印腦海一直到現在都沒有忘記。

筆者少年好動，在求學時期，暑假裡跟幾位友好到西山露營回來時，經過玉泉山，大家打算喝點泉水歇歇腿再進城，但是看到湖心泉眼霞光流碧，一串串玉泉璇珠，一陣陣沁人心脾的冷潮，立刻暑氣全消，四五個人都想跳到湖裡游個痛快。可是玉泉山汽水公司在附近設廠製造汽水，汲取礦泉，同時泉水漩渦吸力太猛，湖裡向來是禁止遊客下水游泳的。管理員一看就猜出我們的意旨，徘徊瞻顧、寸步不離左右。

我們同伴中，有一位李威年，他是當年中國參加遠東運動會四百米紀錄保持人，他乘人不備，把挎在肩頭的照相機丟入湖心。既然遊客不能下水，他要求管理員下湖打撈，管理員說這泉水冬暖夏涼，盛暑時候奇寒徹骨，園裡人誰也不敢下去打撈。李威年一聽此話，立刻不脫衣服縱身躍入湖心，跟著有一位清華的倪因心同學也追蹤而下，只見他們兩人圍著湖底的照相機打轉，就是摸不到。我們岸上四人一看情形不妙，立刻把野營帳棚繩索接在一塊兒，一頭拴在樹上，四人魚貫下水，哪知剛一下水，水溫凜冽刺骨不說，而且吸力強勁，令人無法擺脫。可能李、倪下水地段，正是泉眼總脈。四人一咬牙，總算咬緊牙關沒鬆開繩索，死拉活揪才把李、倪兩位拉出水面。李是運動健將，體格強壯，神志尚清，倪君是個白面書生，拉上來已經奄奄一息啦。

玉泉山宮門外有一個小茶館代賣南路燒酒，於是弄了一大瓶燒刀子，我們一面喝酒禦寒，一面用燒酒給他們兩位用酒渾身搓揉，再生起一個小火堆，足足有兩個小時，李、倪肢體才能伸屈自如，照相機也不要了。大家垂頭喪氣剛出園門，經過小鋪人家，老掌櫃的已經煮了一壺熱氣騰騰的紅糖薑湯，請我們每人去喝兩碗驅驅寒氣。

老掌櫃說：「大家都知道泉水是冬暖夏涼，可是誰也料不到玉泉山的泉水冷到凝髓裂骨的程度。《七俠五義》中翻江鼠蔣平，到鵝毛沉底碧水寒潭，給顏查散撈取八府巡按九頭獅子金印，雖然有些是說部的渲染，但有些確是言而有據，不是隨嘴亂扯的呢。就拿玉泉來說吧，跟碧水寒潭還不是一樣。我這小鋪開了二十來年，每年夏天總有三兩撥學生，偏不信邪下水受洋罪，我給你們沏薑湯水，一方面是驅寒免得進城感冒，一方面你們來趟玉泉山，並沒有感覺天下第一泉的好處在哪裡。」一邊說著一邊用飯碗倒薑湯，「你們看。」果然薑湯滿過碗沿，有一塊銀元厚，而湯不外溢，足證這兒的泉水重量，跟一般河水、井水是不一樣的。

後來筆者回到北平，有一次嘗到用玉泉水泡的六安瓜片，真是茶香繞舌，微澀回甘，確實有一種說不出的明快爽口。從此之後，才醒悟到當年皇宮的茶水很少紅綠香片單獨飲用的，各宮所用茶葉種類雖不一致，可是大半都是瓜片、珠蘭、水仙、龍井摻配飲用。因為宮裡飲用水都是玉泉山的礦泉，非得幾種茶葉摻和，才能顯出它的香遠益清的妙處。

山東濟南是華北泉水最多的一座城市。當地人說城裡城外有七十二處名泉，當然城西趵突泉跟督辦公署的珍珠泉，是其中最佼佼的了。可是筆者品嘗之後，趵突、珍珠之水用來泡素茶，澄清怡曼，甘如啜露。可是一換花茶後味青辛儵倫，說句俗話，就是有點熟湯子味，不知是什麼道理，是否汲取泉水的時間不得當，就不得而知了。

在浙江西湖飛來峰底下，有一座冷泉，也就是「峰從何處飛來，泉從何時冷起。」一傳為千古佳話的名泉。用這個泉的水泡茶，也是凝杯不溢，雖然泉水甘滑，可是冷度並不凜冽。據西湖老遊客說：「冷泉的溫度，因為一年平均下來，比其他泉水溫度為低，尤其是夏天更低，並不到寒冰刺膚的程度，所以有些人說冷泉名實不副，其實錯了。」

來到臺灣，泉水倒也看過、喝過不少，可是臺灣泉水多半屬於溫泉，宜浴而不宜飲。蘇澳地區倒有一座冷泉，大家去冷泉也以洗澡的人居多。有一次特地取點溫泉來瀹茗，品嘗之下有點跟江蘇揚州平山堂第六泉彷彿，甘平漱玉，風趣宛然，只是所用茶葉宜綠不宜紅，不知研究茶經的朋友有無這種感覺。此外，有一年，筆者隨著大批人馬到花蓮的燕子口天祥遊覽，經過長春橋的長春古剎，高岩峭壁一股急流，矯若驚龍直瀉而下。筆者在嶙峋怪石上拈巾拭汗，想不到風泉泠泠跟玉泉山的泉水清寒湛美極為相似，可惜未帶瓶罐，沒法子汲取試嘗。如果這水是道山泉，水質一定是一處極品礦泉無疑。

最近，臺灣的營養專家醫學界權威也紛紛提倡飲用天然礦泉水，臺北並且有一家公司開始發售礦泉水供人飲用。民航局主任醫師洪鈞研究出患有糖尿病的人長期每天飲用一千毫升天然礦泉，血糖、血脂都能逐漸降低。這種臨床試驗，如果成效卓著，則大家恐怕都會拿礦泉水當日常飲料。礦泉的身價，又要熱鬧一陣子了。

故都中山公園茶座小吃

臺灣省無論大小縣市，差不多都有一兩所公園綠地。有的石泓春草、古苔夾徑，有的曲檻雕欄、疏林掩映，經過若干年的經營布置，大都錯落有致。可是逛公園走累了，想在公園裡找個茶座，沏壺茶品茗歇腿，那可辦不到。據說本省公園管理規則明訂，公園以內一律不准經營小吃、設座賣茶，以免影響環境清潔。所以每逢逛公園，遇上走得又渴又累的時候，想起當年在故都中山公園找個茶座，歇歇腿，喝碗水，點點饑的情形，一種莫名的嚮往不覺油然而生。

北平中山公園茶座，冬天在平房的雅座，夏天就在松柏樹下陰涼的地方，藤桌、藤椅露天茶座，既通風，又涼快。地下既不是磚地，也不是水泥，而是潔淨的黃土，碾平灑水，塵土不揚。坐在茶座上南眺北望，一邊是古柏高聳，一邊是新柳垂蔭，藤榻當階，如坐幽篁。這種情調，似乎只有北平才能享受得到。公園西街，所有茶座都匯集一處。把著路口的春明館是一些皓首耆宿談古論今、笑傲煙霞的聚會場所，他們大概都是每天準時必到的常客，熙熙融融，比目前正在各處大力提倡的長春俱樂部還來得火熾。有的精神龍馬、步履輕健，有的頭禿齒豁、傴僂其行，可以說凡是到春明館來的茶客，最年輕也在知命以上年齡的。就這些人可能還是追陪杖履隨侍左右的晚輩子侄呢。

老人們大多在夕陽下山前後就陸續駕臨了，有畫展先看看畫，沒畫展要是正趕上牡丹花開，或芍藥初綻，那就漫步徘徊，逐細評賞，然後再入座歇息。天天見面的不外都是些熟識老朋友，品茗、聊天、下棋、論詩，各適其興，投其所好。最湊趣的是公園裡有一種專門在茶座兜圈子的報販，手裡拿著各種新舊畫報雜誌，平津寧滬各地大小報章，以及平津兩地的晚報，他們都熟悉哪位老太爺喜歡看什麼報紙雜誌，哪位老封翁要看什麼晚報畫刊。只要茶客一入座，就把報紙雜誌遞過來，約莫一撥報紙看完，又來給您換幾份新的，臨走賞個三毛兩毛，他們就千恩萬謝啦。您要今天沒帶錢，揚長而去，明天一塊兒多賞幾文也沒關係。

春明館平常對一般茶客準備龍井、香片、紅茶三種茶葉。可是有些長期主顧都是品茗專家，品味不同，所好各異，有的喜歡沱茶、普洱，有的專喝水仙、瓜片，有的不分冬、夏永遠是菊花、龍井，說是可以明目清心。更奇怪的幾位茶客，什麼茶葉不喝，專門喝高末兒（香片碎末，北平茶葉鋪叫高末兒），所以春明館西廂內櫃裡擺滿了瓶罍尊罐，各有記號，都是一些老太爺們寄存的茶葉。

客人們既然是專門來喝茶的，當然對泡茶的水就特別講究注意了。靠近社稷壇內圜衛生陳列所旁邊有一口甜水井，說是當年皇帝為祭告社稷壇，齋戒淨手而鑿的，井水及泉，甘冽清醇，是一口絕妙的活泉。公園西街一帶的飯館茶座都用這口井的水來烹茶，至於哪種茶葉要初沸就沏，哪種茶要兌開才對，有幾位經驗老到的茶博士，能把各位長期茶客的習性特嗜摸得一清二楚，甚至於老先生等友未來枯坐無聊，他們工作清閒時候還能山南海北的跟您聊上老半天呢！茶博士中有位周二箵當年是周學熙家更夫頭，周學熙故後，他就到春明館半東半夥當起茶博士來，因為他聽得多見得廣，茶客沒事都喜歡找他閒聊。北洋時代京兆尹王鐵珊（瑚）、中國畫會會長周養庵每天到公園總要跟周二箵聊上一陣子才舒服，否則好像當天有點什麼事沒辦似的。周二箵的「箵」字非常冷僻，好多人不認識這個字，更不敢念，久而久之大家就把「箵」字免去，叫他周二了，想當年在公園提起周二箵還算一號人物呢！

春明館除了賣茶之外，還賣幾樣點心，可就是不賣菜，他們掌櫃的說：「一者是忙不過來，二者是不願跟緊鄰長美軒（後改上林春）搶買賣。」春明館雖然賣甜、鹹兩種包子，不南不北，實在有欠高明，每天賣不了多少份，可是他家的清湯餛飩、煨伊府麵，真能叫座。春明館的餛飩既跟挑擔子賣的薄如一片雲的餛飩有別，跟溫州大餛飩也不一樣。湯是整隻雞、整塊排骨吊的清湯，味正湯純，不油不膩。皮子是自己擀的，不厚不薄，既能搪饑，又適合老人腸胃好嚼、好消化。火腿雞絲豌豆苗煨伊府麵，那就更絕啦。整鍋燉雞湯雞肉、雞皮自然是取之不盡，用之不竭的，至於火腿，當年在北平各大飯館裡也不算稀罕物兒，配料豌豆苗兒，在春夏秋三季雖然菜市隨時有售，可是到了冬季，春明館煨伊府麵仍舊配上油綠細嫩的豌豆苗兒，冬季固然賣不了多少，可是經常要準備點洞子貨的豌豆苗兒，這也是別處辦不到的。

春明館的緊鄰是長美軒，他的主顧除了公教人員外，多半是一家男女老幼家庭聚餐。既然到長美軒乘涼，也就點幾個菜，在長美軒把晚餐問題解決啦。他家準備的吃食跟春明館正好相反，不賣點心，專供大宴小酌。後來七七事變，長美軒東家無意經營，把店盤給周大文、李壯飛，改了字號叫「上林春」。勝利還都，上林春還開了一段時期，他們的白案子是從四如春約過來的。師範大學教務長殷祖英對上林春的灌湯餃極為讚賞，曾約同筆者光顧過幾次。南方白案子師傅，對於和麵、揉麵跟北方師傅不同，尤其蒸餃和麵用點糖水，除了有點黏牙，就是餃子邊皮風一吹就發僵。四如春約來的師傅雖然是上海人，可是他做出來的灌湯蒸餃就沒有這個毛病，軟而不膩，柔能爽口。至於餡子純粹肉餡，照說多少總應當有點滯膩，可是人家灌湯餃，滑腴鬆潤，絕無厚滯之感。貨高味醇，所以專門來吃灌湯蒸餃大有其人，勝利不久，上林春東夥不合也就關門大吉啦。

靠近公園溜冰場有一家叫柏斯馨的西點飲冰室，因為當年穿上四個輪子溜冰鞋在水泥場子裡滑來溜去，在故都曾經熱鬧過一陣子。柏斯馨就是配合溜冰場馳騁遊樂的紅男綠女而開設的，後來雙雙情侶愛它雅座幽靜，藤榻沿街。北里名花喜其當風惹眼，易於招蜂。一般招呼客人的都是一律穿著制服的十六七歲男孩，不但行動洋裡洋氣，沒事時候嘴裡哼著《璇宮豔史》，仿效飛來伯幾手黑海盜的鬥劍姿勢，還有板有眼，令人解頤。所以三十歲以下青年男女遊客，一進公園準奔柏斯馨。

從前北平有位專門用俏皮話寫小說的「耿小的」，他說：「中山公園裡來今雨軒是『國務院』，因為一些政要公餘都在來今雨軒碰頭，談點半公半私的事。長美軒叫『五方元音』，不管哪一省的人，只要是家庭娛樂聚餐小酌，都喜歡長美軒物美價廉，豁亮涼爽，所以長美軒茶座客人最雜，乃被稱為五方元音。春明館是『老人堂』，柏斯馨是『青年會』。」那真是形容得恰到好處。閒話越扯越遠，還是談談柏斯馨有什麼好吃的吧！柏斯馨的冰檸檬水是冷飲裡一絕，那時候還沒電冰箱、電冰櫃，到了盛暑時節，柏斯馨特備四隻木質包鐵皮大冰櫃，裡頭都是成方的天然冰，做好的檸檬水一瓶一瓶的往冰櫃裡放，吃的時候現開瓶，不像別的冷飲店，現賣現兌冰水。所以柏斯馨的檸檬水濃淡劃一，絕對是開水晾涼做的，準保不會吃壞肚子。除了堂吃，檸檬水還應外賣，隔鄰的長美軒、春明館暑天都是它的好主顧。照最保守的估計，夏季每天賣個五百瓶，是毫無問題的。

柏斯馨廚房做西點的師傅有六七位，夏天固然是忙上加忙，就是冬天颳起西北風，瑞雪紛飛，他們仍舊不能清閒。此時堂吃雖然近乎絕跡，可是外賣一撥又一撥的源源而來。按說做西點師傅是以做西點蛋糕、麵包為主的，人家柏斯馨的師傅們，除了偶或做幾塊大蛋糕切著賣，應應門市，所有甜鹹麵包、各式西點，都是從哈德門裡法國麵包房、東安市場榮華齋兩家躉來供應的。他們廚房裡專做咖哩餃就夠忙的啦。

提起柏斯馨的咖哩餃，就筆者所吃過的來說，柏斯馨的要算第一份。他們的咖哩餃分豬肉、牛肉兩種，牛肉是三角形的，豬肉是長方形的。剛出爐的熱咖哩餃，香腴鬆脆，入口即酥，無論牛肉、豬肉餡兒，都是鮮嫩細潤，爽而不靡。另外，還有不加咖哩是為不吃牛肉跟咖哩的人準備的。不是筆者替他家誇張，凡是吃過柏斯馨咖哩餃的，大家可能都有同感。尤其到了嚴冬臘月，朔風颯颯，雪壓松楸，在柏斯馨當窗一坐，室內是爐火熊熊，遠望巍峨宮牆城堞，鴛瓦凝白，崇閣飛絮，喝一杯熱氣騰騰的檸檬茶，吃幾塊鵝黃雋燕、酥鬆適口的咖哩餃，遠勝啖佳饌飲醇醪，可也當得上是人生一樂。

摩登詩人林庚白、京華美專校長林風眠，兩位都是名士派人物，每逢大雪瀰漫，天街人靜，總相約來園，到柏斯馨賞雪鬥詩。有一次兩人五古聯珠，一共聯了一百二十多韻，轟動詩壇，一時傳為盛事。梨園行尚小雲、富霞兄弟也是最愛大雪紛飛踏雪到柏斯馨吃咖哩餃的，同去的不是梨園公會會長趙硯奎，就是尚富霞的師兄弟高富遠，碰巧了坐在一旁，聽他們說點市井俚聞，談些梨園往事，那比聽連闊如說段評書，高德明來段相聲，還要來得痛快過癮。程硯秋也是最愛欣賞雪景的，冒雪而來必定是和北平戲劇學校校長金晦廬或是鬚生貫大元，先到唐花塢看花，然後踏雪到柏斯馨吃早點。某年羅癭公給程硯秋排了一齣新戲《聶隱娘》，裡頭要練一趟紫雲劍，那趟劍就是在柏斯馨旁邊溜冰場上，冒著風雪，一位劍術專家王老師在雪地上教的。當時柏斯馨有一位小夥計是程迷，侍候茶水之餘，這趟紫雲劍居然被這位小老弟偷學全了，後來新豔秋《聶隱娘》裡舞劍就是那位小老弟加以指點排練的。曾二庚、賈多才兩個丑角都喜歡在舞臺上當場抓哏，談到新豔秋那趟劍法神滿氣足、無懈可擊，賈多才一冒壞可就說啦：「好雖好，可惜帶點咖哩味。」知道這段事的人，聽了都忍不住相視而笑。

到臺灣也吃了不少次咖哩餃，都沒法跟柏斯馨的相比。有一次在東門國際麵包房，遇見名票李心佛買咖哩餃，他說：「在臺灣要吃咖哩餃，國際算是第一份兒啦，肉是上肉沒有筋頭馬腦，也不亂塞洋蔥、蛋白，烤得也算地道。您要吃像柏斯馨那樣的咖哩餃，也要緩口元氣，不是馬上能吃到嘴的呢！」細細一想，頗有道理存焉。近兩年最怕進飯館吃飯，堂倌也好，女侍也好，招呼客人不是熱呼得讓人駭怕，就是冷冰如進冰窖。想起北平中山公園茶博士們不慍不火、親切至誠的招待，令人不禁生出無限的感觸。

老鼻煙壺其來有自

——讀了〈師徒對唱〉後

蓋老如晤：

讀了第八十二期《電視週刊》，有令高足錢璐女士寫的一篇〈師徒對唱〉，您師徒二人吃飽了打牙涮嘴兒來消食化水，怎麼把區區也裹到您二位的對唱裡頭來了？多蒙抬愛，實在深感惶恐榮幸之至。古人云「名師出高徒」，有狀元師傅就有狀元徒弟，有老蓋仙就有小蓋仙，是一點兒也錯不了的。令高徒稱在下老鼻煙壺，您知道老鼻煙壺兒這典故所由來嗎？

北平老年間有一句歇後「有鼻煙不聞——裝著玩兒」，這件事得從言菊朋說起。當年的北平國劇名老生言菊朋由票友下海，以老譚派自居，不但在臺上學老譚，就是飲食起居也要模仿老譚。老譚有聞鼻煙洗鼻子的習慣，咱們言三爺自然也得照聞照洗不誤。

煙袋斜街有一家開古玩鋪的毓四，是專喜歡冒壞的，有一天拿著一個鼻煙壺在言三爺眼前晃悠，言三哪有不聞不問之理？一問之下，毓四說是從譚老闆那兒得來的。言三一聽之下是譚老闆把玩過的鼻煙壺，死乞白賴要求毓四讓給他，這個鼻煙壺最後自然以高價到了言三手裡。言三把它視同瑰寶，整天揣在懷裡，遇見熟人就掏出來顯擺一番，您要想聞一鼻子，那可辦不到，言三寧可拿另外一隻煙壺裝的鼻煙請客，那個寶貝煙壺只能摸挲摸挲，而不能開蓋一聞的。當時弟正給沙大風的《天風報》寫梨園掌故，於是在報上給言三起了個外號叫他「老鼻煙壺」，再經奚嘯伯、叔倜昆仲一起鬨，言三這個外號大家就叫開啦。想不到小弟給人起的外號，居然有人還繃子（還嘴的意思），把「老鼻煙壺」這個名詞加到咱的頭上來了。令高徒博學多聞，真叫人欽佩，「名師手下出高徒」這句話的確不假。

咱哥兒倆是平起平坐的好朋友，您的高足一時高興叫了小弟一聲「唐爺爺」，這個尊稱實在愧不敢承，只好效法古人「謙稱敬璧」了。不是別的，您徒弟再矮一輩不要緊，豈不是連師傅也掉爐炕裡了嗎！

聽說臺北因為受開梅颱風環流的影響氣溫驟降，弟本打算再去趟臺北吃幾次炰烤涮解解饞，聽聽元彬的《嫁妹》、元坡的《長亭》過過戲癮。可是一聽您的高足說：「等這老鼻煙壺兒來了，準備下美酒先接風後討教。」蕭太后的筵席，弟準知是好吃不好剋化，弟這二把刀不南不北的手藝，怎能在您師徒二人跟前獻醜呢！趕大車的有話，踏！踏！咱趕緊往後捎吧！

唐魯孫先生作品介紹

(1)老古董

本書專講掌故逸聞，作者對滿族清宮大內的事物如數家珍，而大半是親身經歷，所以把來龍去脈說得詳詳細細。本書有歷史、古物、民俗、掌故、趣味等多方面的價值，更引起中老年人的無窮回憶，增進青年人的知識。

(2)酸甜苦辣鹹

民以食為天，吃是文化、是學問也是藝術，本書作者是滿洲世家，精於飲饌，自號饞人，是有名的美食家。又作者足跡遊遍大江南北，對南北口味烹調，有極細緻的描寫、有極在行的評議。本書看得你流口水，愈看愈想看，是美食家、烹飪家、主婦、專家、學生及大眾最好的讀物。

(3)大雜燴

作者出身清皇族，是珍妃的姪孫，是旗人中的奇人，自小遊遍天下，看得多吃得多，所寫有關掌故、飲饌都是親身經歷，「景」「味」逼真，《大雜燴》集掌故、飲饌於一書。

(4)南北看

作者出身名門，平生閱歷之豐、見聞之廣，海內少有。本書自劊子手看到小鳳仙，自衙門裡的老夫子看到盧燕，大江南北，古今文物，多少好男兒、奇女子，異人異事……一一呈現眼前，是一部中國近代史的通俗演義。

(5)中國吃

本書寫的是中國人的吃，以及吃的深厚文化，書中除了談吃以外並談酒與酒文化、談喝茶、談香煙與抽煙，文中一段與幽默大師林語堂先生一夕談煙，精彩絕倫不容錯過。

(6)什錦拼盤

本書內容包羅萬象，除談吃以外從尚方寶劍談到王命旗牌，談名片、談風箏、談黃曆、談人蔘、談滿漢全席……文中作者並對數度造訪的泰京「曼谷」不管是食、衣、住、行各方面均有詳細的描述。

(7)說東道西

《說東道西》是唐魯孫先生繼《老古董》、《酸甜苦辣鹹》、《大雜燴》、

《南北看》、《中國吃》、《什錦拼盤》之後又一巨獻。

他出身清皇族，交遊廣，閱歷豐。本書從磕頭請安的禮儀談到北平的勤行，由蜀山奇書到影壇彗星阮玲玉的一生，自山西麵食到察哈爾的三宗寶……所論詳盡廣泛，文字雋永風趣，是一部中國近代史的通俗演義。

(8)天下味

本書蒐羅了作者對故都北平的懷念之作，除了清宮建築、宮廷生活、宮廷飲食介紹外，對平民生活的詳盡描述，也引人入勝。收錄了作者對蛇、火腿、肴肉等山珍，以及蟹類、臺灣海鮮等海味的介紹，除了令人垂涎的美味，還有豐富的常識與掌故。更暢談煙酒的歷史與品味方法，充分展現其博學多聞的風範。此外另收〈香水瑣聞〉與〈印泥〉兩文，也是增廣見聞的好文章。

(9)老鄉親

唐魯孫先生的幽默，常在文中表露無遺，本書中也隱約可見其對一朝代沒落所發抒舊情舊景的感懷，無論是談吃、談古、談閒情皆如此，但其憂心固有文化的消失殆盡，在在流露出中國文人的胸襟氣度。

(10)故園情（上）

凡喜念舊者都是生活細膩的觀察者，才能對往事如數家珍。故園情上冊有唐魯孫先生的記趣與評論，舉凡社會的怪現象、名人軼事、對藝術的關懷，或是說一段觀氣見鬼的驚奇，皆能鞭辟入裡栩栩如生。

(11)故園情（下）

喜歡吃的人很多，但能寫得有色有香有味的實在不多，尤其還能寫出典故來，更是難能可貴。唐魯孫先生寫的吃食卻能夠獨出一格，不僅鮮活了饕餮模樣，更把師傅秘而不傳的手藝公諸同好與大家分享。

(12) 唐魯孫談吃

美食專家唐魯孫先生，不但嗜吃會吃也能吃，無論是大餐廳的華筵餕餘，或是夜市路邊攤的小吃，他都能品其精華食其精髓。本書所撰除了大陸各省佳肴，更有臺灣本土的美味，讓人看了垂涎欲滴。

故園情／唐魯孫著. -- 四版.-- 臺北市：大地,
2020.04
面：　公分. --（唐魯孫先生作品集；10-11）

ISBN 978-986-402-335-6（上冊：平裝）
ISBN 978-986-402-336-3（下冊：平裝）

863.55　　109002431

故園情（下）

作　　者	唐魯孫
發 行 人	吳錫清
主　　編	陳玟玟
出 版 者	大地出版社
社　　址	114台北市內湖區瑞光路358巷38弄36號4樓之2
劃撥帳號	50031946（戶名：大地出版社有限公司）
電　　話	02-26277749
傳　　眞	02-26270895
E - mail	support@vastplain.com.tw
網　　址	www.vastplain.com.tw
美術設計	博客斯彩藝有限公司
印 刷 者	博客斯彩藝有限公司
四版一刷	2020年4月

唐魯孫先生作品集 11

大地

定　　價：250元